Nun ist Nies schon über dreißig, aber manchmal wirkt er noch alles andere als erwachsen. Er wirft lieber Eier und Tomaten an Hauswände, statt wie sein Bruder in einer Bank zu arbeiten. Und dass seine Eltern ihn als Kind ziemlich früh allein gelassen haben, taugt auch nicht ewig zur Entschuldigung, selbst wenn Nies an seinem trotzigen Spitznamen aus jener Zeit eisern festhält. Durch Zufall findet er doch noch einen ernst zu nehmenden Job: in einem Bestattungsinstitut. Was auch immer für Klischees existieren mögen – Bestattungshelfer ist ein hochabwechslungsreicher Beruf.

Kai Weyand, geboren 1968, Studium, Arbeit als Lehrer im Strafvollzug, Mitarbeiter einer Sozietät, lebt in Freiburg. Er ist mit dem 1. Preis beim open mike der Literatur-WERKstatt Berlin, dem Irseer Pegasus und dem Bolero-Literaturpreis ausgezeichnet worden und war nominiert für den Deutschen Buchpreis.

Kai Weyand

# Applaus für Bronikowski

Roman

btb

Für Timna

Der achtzehnte März brachte die erste warme Frühlingsluft des Jahres. NC wurde an diesem Tag einunddreißig, und außer der Gewissheit, dass sein Bruder anrufen würde, um ihm zu gratulieren, hatte er keine Vorstellung, was er sich von diesem Ereignis versprach. Sein Bruder erledigte alle Dinge gern sofort, am liebsten noch bevor sie überhaupt stattfanden, und so hatte NC schon am Vorabend gehofft, sein Bruder möge gleich frühmorgens anrufen, damit er das Gespräch mit der Begründung, er sei sehr müde, möglichst kurz halten könnte. Aber der Anruf kam erst gegen halb zwei, als Bernd, der in London in einer großen internationalen Bank arbeitete, in die Mittagspause ging. NC wusste nicht viel über seinen Bruder, außer dass er es sich leisten konnte, seine Hosen zur Reinigung zu bringen, ohne vorher die Taschen nach vergessenem Geld durchzusehen. Sie hatten sich seit Jahren nicht mehr gesehen, und abgesehen von den Telefonaten zu den Geburtstagen pflegten sie kaum Kontakt. Auf die Anrufe hätte er ebenso gern verzichtet wie auf die Erinnerungen, die er mit dem Bruder verband. Aber sie waren so etwas wie ein ungeschriebenes Gesetz, auf dessen Einhaltung vor allem Bernd Wert legte, der fünf Jahre älter war als NC. Und solange das stillschweigende Abkommen nicht gebrochen wurde, die Eltern unerwähnt zu lassen, und Bernd keine Anstalten unternahm, die Anrufe durch Besuche zu ergänzen, war NC bereit, sie in Kauf zu nehmen. Obwohl auch Bernd weit davon entfernt war, die Telefonate mit seinem jüngeren Bruder als Vergnügen zu begreifen. Sie waren lediglich einem Gefühl der Verantwortung geschuldet, das ihm vor achtzehn Jahren auferlegt worden war.

Als NC dreizehn war, trug er noch seinen Namen Nies. Er war eine Abkürzung von Dionysos, dem griechischen Gott des Weines, und wurde übersetzt mit ›der Fröhliche‹. Seine Eltern waren bei einer Weinprobe auf den Namen gekommen. Abgesehen davon, dass er in der Schule meistens nur *Hatschi* genannt wurde, konnte er angesichts späterer Entscheidungen seiner Eltern froh sein, dass sie ihn nicht Riesling oder Müller-Thurgau genannt hatten. Immerhin war sein Name ein Zeichen dafür, dass seine Eltern ihn für etwas Besonderes hielten, dachte er. Warum sollte sich jemand einen außergewöhnlichen Namen für sein Kind suchen, wenn es ihm eigentlich egal war? Außerdem war er nicht unfröhlich.

Aber dann kam eines Tages im November das Abendessen, das zwar wie immer genau neunzehn Uhr begann, aber nicht wie sonst mit leeren Tellern, gefüllten Bäuchen und mittlerer Laune endete. Nies hatte sich schon am Nachmittag gewundert, dass seine Mutter in der Küche laut mit Geschirr hantierte. Ein Römertopf stand bereit, und die ganze Küchenablage war vollgestellt mit Schüsseln, Raspeln, Gewürzen und anderen Dingen, die deutlich machten, dass dem Tag das Alltägliche genommen werden sollte. Es musste etwas Außerordentliches vorgefallen sein, wenn es nicht wie sonst Brot und Aufschnitt geben sollte.

NC hatte noch immer das Lächeln seines Vaters deutlich vor Augen, wie er sich voller Vorfreude an den Tisch setzte und seiner Frau verschworene Blicke zuwarf, als sei er sich der Überraschung bewusst, die es hervorrufen würde, wenn sich gleich das Geheimnis lüftete. Nies spürte ein Kribbeln im Bauch, das ihn sonst nur zu Weihnachten und Geburtstagen befiel, wenn sein Vater ebenso geheimnisvoll tat und auch seine Mutter geschäftig die Besonderheit der Tage unterstrich.

Nies und Bernd sollten raten. Nies tippte auf einen Familienurlaub in Übersee, Bernd auf ein neues Auto.

Übersee ist nicht falsch und neues Auto ist auch nicht falsch, sagte ihr Vater, aber ganz richtig ist es auch nicht.

Nies und Bernd schauten sich fragend an. Mehr?, fragte Bernd.

Die Mutter fing an zu lachen, und der Vater hob die Schultern, als sei er ahnungslos.

Nies strahlte. Ein Haus!, rief er und schlug sich die Hände vors Gesicht, als sei er selbst erschrocken über das Ausmaß an Neuigkeiten, das sich da vor ihm auftat.

Auch nicht falsch, sagte der Vater, und die Mutter forderte ihn lachend auf, die Kinder nicht länger auf die Folter zu spannen.

Schließlich nannte der Vater sechs Zahlen, die ihnen einen hohen fünfstelligen Gewinn bei einer Lotterie beschert hätten. Wahnsinn, oder?, rief er erregt, einmal im Leben Glück, und grad, wenn's passt.

So sehr sich Nies gerade noch gefreut hatte, so ratlos war er auf einmal. *Einmal im Leben Glück*. War sein Vater bisher unglücklich gewesen?

Das Geld reicht für einen Neuanfang, sagte der Vater. Er legte seine rechte Hand auf die seiner Frau, drückte sie, zwinkerte seinen Söhnen zu und sagte: Auch für euch.

Nies konnte das Lächeln seines Vaters nicht erwidern. Er senkte seinen Blick. Warum hatte er *auch für euch* gesagt und nicht *für uns*? Sprachen sie nicht sonst immer von *wir* und meinten alle vier, die ganze Familie?

Wozu brauchen wir einen Neuanfang?, fragte er. Nies ahnte plötzlich, dass seine Eltern und er die Vergangenheit unterschiedlich wahrgenommen haben mussten. Es fiel ihm schwer, die aufkommenden Tränen zurückzuhalten.

Jeder Mensch hat einen Lebenstraum, sagte sein Vater, und wenn die Chance da ist, ihn zu leben, muss man das tun.

Genau so ist es, stimmte Bernd zu, sein Vater lächelte, und die Mutter fuhr ihm mit der Hand zärtlich über die Wange. Nies spürte einen Stich ins Herz.

Was ist denn euer Lebenstraum?, fragte er schließlich und ärgerte sich, dass seine Stimme in die Höhe sprang, als hätte er Angst vor etwas.

Kanada, sagten seine Eltern wie aus einem Mund.

Cool. Bernd nickte anerkennend, und Nies spürte wieder, wie fremd ihm sein Bruder war. Kanada, hatte er jemals seine Eltern von Kanada sprechen hören? Er konnte sich nicht erinnern. Es dauerte eine Weile, bis Nies verstand, dass er und sein Bruder in dem Lebenstraum Kanada nicht vorkamen, das heißt, sie kamen schon vor, aber nicht in Kanada. Bernd war bereits achtzehn, hatte im Sommer die Realschule mit dem besten Jahrgangsergebnis abgeschlossen und im Herbst eine Banklehre begonnen. Die Eltern sahen in der *Straightness*, wie sie seine Art der Lebensführung bezeichneten, nicht nur, dass er willens und könnens war, Verantwortung für sein Leben zu übernehmen, sondern auch das Potenzial, für seinen Bruder zu sorgen, bis der die Volljährigkeit erreicht und die Schule abgeschlossen hätte.

Ein echter Männerhaushalt, nur ihr zwei, das ist doch super, sagte der Vater.

Ihr könnt so viel Tiefkühlpizza essen, wie ihr wollt, stimmte die Mutter lachend zu.

Nies beschlich das Gefühl, dass sie alle zusammen ein Spiel mit ihm trieben. Ihr meint das nicht ernst, oder?, fragte er.

Seine Eltern schwiegen und schauten ihn an. Sein Bruder Bernd verdrehte die Augen.

Hör mal, sagte sein Vater schließlich, es ist doch nicht so, dass wir euch verlassen. Aber solange ihr in der Schule und der Ausbildung seid, ist es besser, wenn ihr erst mal hier bleibt.

Ihr kommt uns natürlich besuchen. Die Mutter nickte Nies zu, der ihren Blick missmutig erwiderte. In Kanada kann man super angeln, sagte sie, du isst doch so gerne Fisch.

Kanada, geil. Bernd ballte vor Freude seine Faust, so wie er es immer tat, wenn ihm etwas geglückt war.

Kanada, geil, äffte Nies ihn nach.

Bernd schlug ihm mit der Hand auf den Hinterkopf. Du Idiot.

Der Vater schob seinen Teller beiseite und stützte beide Ellbogen auf der Tischplatte ab, so dass seine Arme ein Dreieck auf der Platte bildeten. Nies kannte diese Geste. Sie war immer der Beginn einer Aufzählung. Der Vater beugte sich über den Tisch zu Nies und zog mit Daumen und Zeigefinger der linken Hand den Daumen der rechten nach oben: Erstens; das deutsche Bildungssystem ist besser, das sagen alle Studien, es ist sinnvoller, hier den Abschluss zu machen.

Der Zeigefinger kam hinzu: Es ist gut, möglichst früh zu lernen, auf eigenen Beinen zu stehen, Verantwortung für das eigene Leben zu übernehmen. Das macht dich selbstbewusst, und du wirst dich später von Krisen nicht so leicht umwerfen lassen.

Jetzt streckte der Vater den Mittelfinger in die Höhe: Was glaubst du, was für eine starke Bindung zwischen dir und deinem Bruder entstehen wird. Ein Pakt fürs Leben sozusagen.

Es ist so wichtig, dass man jemanden hat, auf den man sich verlassen kann, fügte die Mutter hinzu.

Falls seine Eltern doch einen heimlichen Wettkampf führten, wer zu größerer Ironie fähig war, wollte Nies seine Mutter zur Siegerin erklären: Jemanden zu verlassen und im selben Moment zu betonen, wie wichtig es ist, jemanden zu haben, auf den man sich verlassen kann, war ein Achttausender unter den Ironiegipfeln. Und doch blieben beide ernst und schauten Nies erwartungsvoll an, als warteten sie darauf, dass er ihren Argumenten zustimmte. Nies schluckte, er wusste nichts zu sagen. Er und sein Bruder waren so unterschiedlich, schon immer gewesen, er konnte sich nicht erinnern, dass sie jemals miteinander gespielt hätten, ohne sich nach kürzester Zeit zu streiten. Natürlich waren da auch die fünf Jahre Altersunterschied, außerdem es gab keine Interessen, die sie teilten, und wenn es jemals darum gegangen war, von seinem Bruder Unterstützung zu bekommen, um länger fortbleiben oder fernsehen zu dürfen, war jede Hoffnung umsonst gewesen.

Das alles mussten seine Eltern doch wissen. Sie konnten nicht vergessen haben, dass die Unterschiedlichkeit der Grund gewesen war, das Arbeitszimmer des Vaters in ein Kinderzimmer umzuwandeln, um das Zusammenleben zu entspannen.

Wir machen das schon, sagte Bernd. Kein Problem, ich pass auf ihn auf.

Jetzt gibt's erst mal Nachtisch. Die Mutter stand auf, ging zum Kühlschrank, und bevor sie die Tür öffnete, drehte sie sich um und strich Nies übers Haar. Dann holte sie ein Tiramisu und stellte es auf den Tisch.

Der Vater stupste Nies an den Arm: Ich hätte was drum gegeben, in deinem Alter alleine wohnen zu dürfen.

Er lachte. Nies nicht. Er nahm das Schälchen mit Tiramisu und warf es aus dem gegenüberliegenden Fenster. Dann rannte er in sein Zimmer, schloss die Tür hinter sich, schmiss sich aufs Bett und ließ seinen Tränen freien Lauf. Noch nie in seinem Leben hatte er sich so fremd und einsam gefühlt. Warum konnte er nicht einfach gut finden, was alle um ihn herum gut fanden? Hinter der Tür hörte er die Stimme seines Vaters.

Er wird sich beruhigen, wenn er erst die Vorteile sieht.

Es klang, als müsste Nies nur eine Rechenaufgabe lösen und eins und eins zusammenzählen. Aber wenn er das tat, eins und eins zusammenzählte, dann ergaben sich keine lustvollen Bilder eines jugendlichen Lebens ohne Eltern, sondern Vorstellungen, die er als qualvoll empfand: Kein Mittagessen, wenn er aus der Schule kam, keine saubere Wäsche, wenn er sie brauchte, dafür einen Bruder, der darauf bestand, dass er die Toilette öfter zu putzen hatte, weil er sie naturgemäß öfter benutzen würde als sein Bruder, der erst am frühen Abend von der Arbeit nach Hause kam und dementsprechend die Toilette prozentual weniger verschmutzte. Mathematisch konnte Nies seinem Bruder nicht das Wasser reichen, und da Bernd Gerechtigkeitsfragen zu Problemen mathematischer Verhältnismäßigkeiten erklärte, konnte Nies es sich sparen, darauf hinzuweisen, dass es gerecht wäre, einfach abwechselnd zu putzen.

Wer mehr isst, bezahlt mehr, wer mehr pisst oder scheißt, putzt mehr. Man konnte diese Sicht verachten, aber es war schwer, ihr etwas zu entgegnen. Bernd sah die Welt als etwas, das sich ausrechnen ließ. Jedes Ereignis ließ sich in Zahlen ausdrücken, und Gefühle waren für ihn Ausdruck von Unsicherheit, die sich leicht beheben ließ, wenn man die zugrunde liegenden Faktoren genau betrachtete. Gefühle, Meinungen waren keine Ergebnisse von Empfindungen, sondern Rechenleistungen. Wenn das Essen nicht schmeckte, rechnete Bernd nach, ob es ihm nicht doch schmecken müsste, weil es einem super Preis-Leistungs-Verhältnis entsprach. Deswegen war er vollkommen einverstanden mit der Entscheidung seiner Eltern, nach Kanada auszuwandern. Er sah den Lottogewinn als ertragreiche Geldanlage und die Auswanderung als Investment in Lebensoptimierung.

Nies dagegen glaubte nicht an die Mathematik. Ihm waren mathematische Menschen suspekt, vielleicht, weil es ihm selbst schwerfiel, mit Zahlen zu hantieren. Es passierte ihm, dass er aus Versehen aus einer 6 eine 9 machte. Dass etwas, das im Handumdrehen auf den Kopf gestellt werden konnte, den Menschen hilfreich sein sollte, schien ihm ganz und gar unakzeptabel.

Während Nies die Vorstellung, mit seinem Bruder alleine leben zu müssen, als Strafe empfand, sah es Bernd als simple Gewinn- und Verlustrechnung, die er perspektivisch auf der Haben-Seite für sich verbuchte. Dem Verlust von persönlicher Freiheit stand die Gewissheit gegenüber, dass es ihm bei seiner beruflichen Entwicklung von Nutzen sein würde, wenn er zeigte, dass er belastbar war und nicht davor zurückscheute, Verantwortung zu übernehmen.

Nies stand vom Bett auf. Die Stimmen seiner Eltern vor der Tür hatten sich verflüchtigt. Er ging ans Fenster und sah auf die Straße. Als wäre jemand in Hundekot getreten, lag das Tiramisu verschmiert auf dem Gehsteig. Der Anblick rang ihm ein Lächeln ab. Auch wenn ihm vorhin die Worte gefehlt hatten, seine Meinung zu den Auswanderungsplänen seiner Eltern zu äußern, so hatte er doch etwas hinterlassen, was man nicht fehlinterpretieren konnte.

Vier Monate später war es so weit. Nies und Bernd zogen in eine Zweizimmerwohnung, die die Eltern für sie angemietet hatten. Sie richteten einen Dauerauftrag für Miete und Unterhalt ein und verließen Ende März Deutschland Richtung Kanada.

Beim letzten gemeinsamen Essen am Abend zuvor verkündete Nies, dass er seinen Namen ablege und sich ab sofort NC nenne. Das C werde englisch ausgesprochen.

Und was soll das bedeuten?, fragte seine Mutter.

No Canadian, antwortete NC.

Bernd verdrehte die Augen und schüttelte genervt den Kopf.

Sein Vater schaute ihn lange an. Schließlich räusperte er sich und sagte: Find ich gut, dass du kreativ mit der Situation umgehst.

Dann waren sie weg.

Kurz darauf schaffte sich NC zwei Ratten an, die er Mama und Papa nannte, und rasierte sich den Kopf. Für die Schule tat er nur das Allernötigste. Von Mitschülern und Lehrern wurde er als Sonderling betrachtet, auch weil er sich weigerte, auf seinen Namen Nies zu reagieren. Er beharrte darauf, NC zu heißen.

Bernd registrierte die Veränderung seines Bruders mit zunehmender Verärgerung. Er befürchtete, sie würde auf ihn zurückfallen, schließlich hatte er sich bereit erklärt, die Verantwortung für seinen fünf Jahre jüngeren Bruder zu übernehmen, bis dieser die Volljährigkeit erreicht und die Schule abgeschlossen hätte. Er versuchte, NC deutlich zu machen, dass jetzt die Weichen für seine Zukunft gestellt würden, und bot an, mit ihm zu lernen. Er war sogar bereit, am Abend, nach seiner Arbeit in der Bank, sich mit NC hinzusetzen. Aber NC lehnte alle Angebote ab. Er wollte nicht, dass sein Bruder sich gute Noten als Erfolg auf die Fahnen schreiben konnte. Außerdem konnte er nicht vergessen, dass Bernd sich auf die Seite der Eltern geschlagen hatte. Bernd war kein NC, er war ein *C*.

Bernd verzichtete sogar darauf, dass Haushaltsarbeiten prozentual erledigt würden, aber auch das brachte keine Veränderung.

In der Hoffnung, geschriebene Wörter könnten bei seinem Bruder eine andere Wirkung erzielen als das gesprochene Wort, fing Bernd an, Zettel mit Weisheiten an dessen Tür zu pinnen: *Gefühle stehen einem erfolgreichen Handeln im Weg*, *Selbstmitleid bringt keine Rendite* oder einfach: *Kindern in Afrika geht es viel schlechter als dir.*

Nachdem NC Bernd gedroht hatte, mit seinen Ratten in die Bank zu kommen und sich dort als sein Bruder vorzustellen, falls er nicht aufhöre, ihm Vorschläge zur *richtigen* Lebensführung zu unterbreiten, schien Bernd einzusehen, dass das Bemühen um seinen Bruder kein lohnendes Investment war. Er ließ ihn endlich in Ruhe, sie wechselten nur noch die allernötigsten Worte miteinander. Wenn NC zu Hause war, verbrachte er die meiste Zeit allein in seinem Zimmer und versuchte, das Wort *Lebenstraum*, das seine Eltern benutzt hatten, zu entschlüsseln.

NC hatte schon immer viel gelesen, aber nun fing er an, Bücher zu verschlingen. Nicht nur Romane, sondern auch Gedichte. Er wollte hinter das Geheimnis der Wörter kommen, wollte verstehen, was sie in ihrem

Kern bedeuteten, warum manche so tief in einen eindrangen, als wären sie Messer, und manche an einem abprallten, als wären sie Gummibälle, warum ihr Klang nicht unbedingt ihre Bedeutung widerspiegelte und warum man ihnen hilflos ausgeliefert war. Vor allem aber wollte er verstehen, warum Wörter wie *Glück* oder *Lebenstraum*, die er noch vor kurzer Zeit für einfach und verständlich gehalten hatte, ihm plötzlich kompliziert und rätselhaft vorkamen, seit seine Eltern diese Worte benutzt hatten. Aber je mehr er las, desto mehr überkam ihn das Gefühl, dass die Wörter gar kein Geheimnis hatten, dass sie nichts anderes als aus Buchstaben zusammengesetzte Sklaven waren, die demjenigen dienten, der sie sich zu eigen machte. Es kam ihm vor, als wären die Wörter auch nichts anderes als Zahlen, formbar wie Schlangen. So wie man im Handumdrehen aus einer 6 eine 9 machen konnte, so stellten auch Wörter Dinge einfach auf den Kopf, wenn man nicht aufpasste.

In seinem Kopf war es ihm möglich, mit Worten zu spielen, aber sobald sie diesen geschützten Raum verlassen sollten, gesprochen oder auf Papier gebracht, kam es ihm vor, als übten sie Widerstand. Manchmal dachte er, dass er ihnen mit zu großem Misstrauen begegnete, als dass er ihnen Raum zur Entfaltung geben konnte. Immer war er von der Angst besessen, die Kontrolle über sie zu verlieren, etwas in die Welt zu setzen, von dem er eigentlich nicht wusste, wie es zu verstehen war.

Nach ein paar Wochen kam eine Ansichtskarte seiner Eltern, die vorn den Yukon River zeigte. NC nahm die Karte in die Hand und betrachtete sie lange.

Ein Fluss und viel Wald, sagte er schließlich und schnippte die Karte über den Tisch zu seinem Bruder.

Dann stand er auf, ging in sein Zimmer und sah eine Zeitlang seinen Ratten Mama und Papa zu, wie sie am Teppich knabberten. Schließlich packte er sie, und mit den Worten *Freiheit ist ein Lebenstraum* schmiss er sie in die Dunkelheit vor dem Fenster. Eine Weile stand er noch in der kühlen Abendluft, bevor er das Fenster und das Kapitel seiner Eltern schloss.

Am nächsten Morgen war noch ein Blutfleck auf dem Gehweg zu sehen, aber von den Ratten fehlte jede Spur.

NC überlegte, ob er sich wieder umbenennen sollte, aber *No Canadian* war für ihn inzwischen so etwas wie eine eigene Weltanschauung geworden. Es bedeutete, mit Worten das zu bezeichnen, was zu sehen war, und nicht das, was man in ihnen sehen wollte. Er wollte das nicht vergessen.

Als NC die Schule beendete, trennten sich die Wege der Brüder. Bernd half beim Umzug, und nachdem es nichts mehr zu tun gab, standen sie eine Weile unschlüssig nebeneinander, bevor Bernd NC die Hand reichte und erst losließ, als NC versprach, den Kontakt nicht abreißen zu lassen.

Mehr aus Verlegenheit denn aus wirklichem Interesse fing NC eine Ausbildung als Landschaftsgärtner an. Er lernte, Bäume zu fällen, Wurzeln zu roden, Beete anzulegen und den Boden nach Plänen zu modellieren. Er verlegte Entwässerungsrohre, pflasterte Wege und Plätze, baute Mauern und Treppen, Zäune und Pavillons, bis ihm klar wurde, dass er nichts anderes tat, als Träume zu verwirklichen. Nach achtzehn Monaten brach er die Ausbildung ab. Eine Zeitlang hielt er sich mit Gelegenheitsjobs über Wasser. Dann begann er eine zweite Ausbildung in der Systemgastronomie. Er sah die Notwendigkeit, Geld verdienen zu müssen, und in der Gastronomie, dachte er, habe er zumindest regelmäßig zu essen. Nach vier Jahren stellte er fest, dass die Herstellung immer gleichen Essens nach immer gleichen Standards ihn seiner Phantasie beraubte. Er konnte sich mit der Zeit immer weniger vorstellen, dass Essen anders sein konnte als das, was er tagtäglich nach den immer gleichen Maßstäben fabrizierte. Für das, was er sich nicht vorstellen konnte fehlten ihm die Worte, und je mehr Worte ihm verloren gingen, weil sie nicht mehr gebraucht wurden, desto weniger konnte er sich vorstellen. Es war ein Teufelskreis.

Als Nächstes nahm er eine Stelle als Hausmeister in einem großen Gebäudekomplex an.

Bernd hatte derweil Karriere bei der Bank gemacht, war berufshalber jedes Jahr in eine andere Stadt gezogen und vor ein paar Jahren schließlich nach London, wo er gleich zum senior finance manager aufgestiegen war.

Übrig blieben die unvermeidlichen Telefonate an den Geburtstagen. Nachdem NC den Glückwunsch seines Bruders entgegengenommen hatte, wurde es ungewöhnlich ausführlich.

Wie geht's?, fragte Bernd.

Okay.

Was ist mit deiner Freundin?

Was soll mit ihr sein?

Seid ihr noch zusammen?

Nein.

Warum nicht?

Schlechte emotionale Quartalsbilanz. NC lachte.

Hm, murmelte Bernd, wahrscheinlich eher Bilanzen, nehme ich an.

Die ganze Gewinn-Verlust-Rechnung war außer Balance geraten. Wieder lachte NC.

Was ist mit deinem Job als Hausmeister?, fragte Bernd.

Was soll mit ihm sein?

Hast du ihn noch?

Nein.

Eine Weile schwiegen sie durch die Leitung.

Kein Witz?, fragte Bernd schließlich.

Kein Witz, sagte NC.

Gekündigt?

NC schwieg.

Gekündigt worden? Herrgott, jetzt sag halt.

Es ist kompliziert, sagte NC.

Bernd stöhnte. Und wie soll's jetzt weitergehen?

Mal sehen, antwortete NC.

Bernd schnaufte. Und noch mal.

NC schwieg.

Bernd räusperte sich. Dann sagte er: Neulich war meine Kaffeemaschine kaputt. Ich habe mir eine neue gekauft.

NC schwieg.

Eine Kaffeemaschine ist nicht das Wichtigste im Leben, fuhr Bernd fort, aber es ist ein Detail, und im Detail entscheidet sich Erfolg oder Misserfolg.

NC schwieg.

Auch wenn es dir nicht gefällt, aber das Leben ist ein Aktienkurs, und du bist verantwortlich dafür, ob der Kurs steigt oder sinkt, verstehst du?

Ja, sagte NC, aber was hat das mit der Kaffeemaschine zu tun?

Herrgott, rief Bernd durchs Telefon, das ist ein Beispiel, ein Vergleich. Stell dich doch nicht so blöd. Was ich sagen will, ist, wenn es Optimierungsbedarf im Leben gibt, dann muss man das gleich angehen. Nicht warten, nicht: *Mal sehen.* Verstehst du? Gleich.

Du hast also *gleich* eine neue Kaffeemaschine gekauft?, fragte NC.

Ja.

Und ich soll mir ein neues Leben kaufen?

Du sollst endlich erwachsen werden. Freundin verloren, Job verloren, da ist ja nicht mehr so viel Luft nach unten. Mal ehrlich, Hausmeister, das ist nichts, was man wird, sondern das, was einem bleibt, wenn man nichts geworden ist. Und selbst den Job hast du verloren. Mann, Mann, ich mach mir Sorgen um dich.

Du hättest probieren können, die Kaffeemaschine reparieren zu lassen, sagte NC.

Es folgte ein gemeinsames Schweigen und der stille Entschluss, das Telefonat zu beenden. Ihren Stimmen waren die Erschöpfung und Enttäuschung darüber anzumerken, dass sie es nicht schafften, sich aus dem Korsett des *Großer-Bruder-Kleiner-Bruder-Spiels* zu befreien.

NC überlegte, ob er etwas aus dem Fenster schmeißen sollte. Er hatte eine Kiste mit allerlei Krimskram, in die er nur hineingreifen musste und die er auf Flohmärkten immer wieder auffüllte. Und genügend Eier waren sowieso immer im Kühlschrank. Aber es war sein Geburtstag, außerdem schien ihm die Straße im Moment zu belebt zu sein.

Eine Weile saß er herum, unsicher, wie er den restlichen Tag verbringen sollte. Die Worte seines Bruders ließen ihm keine Ruhe. Er war einunddreißig, hatte keinen Job, keine Freundin und nicht genügend Geld, um die Miete für den nächsten Monat bezahlen zu können. Börsennotiert wäre der Kurs seiner Lebensaktie wohl wirklich auf Ramschniveau gesunken. Aber: Er glaubte nicht an Aktien, und er wollte nicht heute damit anfangen.

Spazierengehen war eine Möglichkeit. Spazierengehen war das Gegenteil von Lebensoptimierung, wie sie sein Bruder verstand.

Draußen herumlaufen, sich ein bisschen umgucken und Zeit vergeuden. Vielleicht noch im Kino abhängen. Er hatte keinen bestimmten Film im Kopf, den er sehen wollte, wusste nicht einmal, welche Filme überhaupt liefen. Aber die Vorstellung, in die weichen Sessel vor der mit rotem Vorhang verhüllten Leinwand zu sinken, von dem Moment, da das Licht heruntergedimmt wurde, bis schließlich nur noch die Symbole für den Notausgang grün schimmerten, machte ihm Lust. Er liebte das Kino ohne Einschränkung, und das fand er an und für sich schon großartig, dass er etwas einfach so lieben konnte. Etwas einfach um seiner selbst zu lieben erschien ihm sehr schwer. Am leichtesten gelang es ihm bei Dingen, dann bei Tieren, aber fast unmöglich fand er es, Menschen an sich zu lieben. Also Kino. Allerdings wollte er keine Entscheidung treffen, in welches Kino er gehen oder welchen Film er sehen würde. Er wollte es dem Zufall überlassen, wie sich die Aktie seines Geburtstages entwickelte. An Kreuzungen wollte er abwechselnd geradeaus gehen, dann links, dann rechts abbiegen. Falls er an keinem Kino vorbeikam, dann würde er morgen vielleicht einen neuen Versuch starten und die Reihenfolge des Abbiegens ändern.

Es war fast drei, als er seinen Mantel überzog und kurz darauf wieder auszog und sich über die Schulter hängte. Die Mandelbäume blühten und die Sonne wärmte, so wie es der blaue Himmel versprach.

Nach einer Viertelstunde wurde er das erste Mal durch eine rote Ampel aufgehalten. Während er wartete, fiel sein Blick auf ein Paar genau ihm gegenüber auf der anderen Straßenseite. Ein alter Mann mit langem weißem Vollbart und einer Baskenmütze stand neben der Ampel, neben ihm saß ein rotbrauner Hund und wartete geduldig, bis sein Herr das Signal gab, die Straße zu überqueren. Der Hund leckte sich mehrmals über die Schnauze, als hätte er soeben etwas gegessen und versuchte nun, die letzten übriggebliebenen Geruchsfetzen einzufangen. Sie ergaben ein schönes Bild, der alte Mann und der Hund. Obwohl sie unterschiedlicher Natur waren, schienen sie sich vollkommen einig zu sein im Warten vor der roten Ampel. Kein Zeichen von Ungeduld, kein Blick nach links, kein Blick nach rechts, weder von dem alten Mann noch vom Hund. Beide warteten in konzentrierter Gelassenheit, dass das stillstehende Männchen, das über NC rot leuchtete, einen Schritt ins

Grüne machte. Als es schließlich so weit war, stellte NC fest, dass der Hund nur drei Beine hatte. Dennoch lief er ohne Unwucht, sondern ruhig und dicht am Fuß seines Herrn. Erstaunt blickte NC den beiden hinterher.

Nach etwa einer Stunde kam er an einem Kino vorbei. Er blieb vor dem Schaufenster stehen und starrte minutenlang auf mehrere Filmplakate. Er konnte wählen zwischen einem amerikanischen Actionfilm mit Liam Neeson, einer deutschen Komödie mit dem Titel *Maria, ihm schmeckt's nicht*, über deren Plakat eine Banderole den lustigsten Film des Jahres versprach, und einer Dokumentation über eine Gebirgsüberquerung in Patagonien. Ihm fiel ein junger Mann auf, Anfang zwanzig, schätzte er, der ebenfalls die Plakate betrachtete. Abwechselnd stellte er sich vor das eine, dann vor das andere. In seiner Hand hielt er eine ungeöffnete Nudelbox aus einem thailändischen Fastfood Restaurant. Es war nicht ersichtlich, für welchen Film der Mann sich entscheiden würde, nur eines hielt NC für sicher: dass er vorhatte, die Nudelbox im Kino zu essen.

NC fragte sich, wie er hatte vergessen können, dass inzwischen viele Menschen ins Kino gingen, um dort zu essen und nebenher einen Film zu schauen.

Vielleicht war es auch andersherum, sie schauten einen Film und aßen nebenher, auf jeden Fall aber aßen sie. Und sie tranken auch. NC meinte, dass diese Praxis sich ausgebreitet hatte, seit der Begriff *Multitasking* aufgekommen war. Kaum war ein Begriff in der Welt, glaubten die Menschen, ihm folgen zu müssen.

Das letzte Mal im Kino hatte er zwischen einem Döner links und Nachos und einer Jumboportion Popcorn rechts gesessen. Nachos hatte es zwei zum Preis von einem gegeben, hatte ihm der Nachbar rechts erklärt und ihm danach erläutert, dass man schon eine sehr spezielle Verbindung zur Türkei haben müsse, wenn man bei den Nachopreisen Döner esse. Aber es war nicht nur das Essen an sich, das NC gestört hatte, sondern auch die Art und Weise seines Beseitigungsvorgangs. Der Nachbar links hatte es kaum geschafft, die aus dem Kebab quellende Knoblauchsoße mit der Zunge aufzunehmen, bevor sie auf Hände, Hemd und Hose tropfte, und um das Verschlingen von Nachos und Popcorn zu übertönen, war die Lautstärke des Films so laut aufgedreht worden, dass NC hinterher noch stundenlang die Ohren sausten.

Das alles kam NC wieder in den Sinn, als er den jungen Mann mit der Nudelbox betrachtete, der immer noch zwischen den verschiedenen Filmplakaten hin und her wechselte. Im Grunde, dachte er, konnte er nicht mehr sicher sein, ob er das Kino wirklich liebte.

NC ging zu dem jungen Mann und fragte ihn, was er für die Nudelbox gezahlt habe.

Vier Euro achtzig, da sind Shrimps dabei, ohne Shrimps bekommst du sie für drei fünfzig.

Ich gebe dir zehn Euro, wenn du sie mir gibst, sagte NC.

Der junge Mann sah sich unsicher um, als schaute er nach der versteckten Kamera. Was, wenn ich sie dir nicht gebe?, fragte er zweifelnd.

NC holte einen Zehn-Euro-Schein aus seinem Portemonnaie, um zu zeigen, dass es ihm ernst war. Zehn Euro, sagte er erneut.

Du kannst dir doch selbst Nudeln holen, sagte der junge Mann, ist billiger.

Ich will aber nicht machen, was ich könnte, sondern was ich will.

Klar, sagte der junge Mann und lächelte, wenn man es sich leisten kann. Er drückte NC die Nudelbox in die Hand und nahm das Geld.

In welchen Film gehst du?, fragte NC.

*Patagonien*, antwortete der junge Mann zögerlich.

NC war unsicher, ob das stimmte. Er vermutete, dass der junge Mann sichergehen wollte, dass NC nicht in denselben Film ging und nur deshalb die Dokumentation nannte, weil er sich nicht vorstellen konnte, dass sich irgendjemand für eine Bergbesteigung in Patagonien interessieren könnte, zumindest nicht jemand, der bereit war, zehn Euro für eine Nudelbox hinzulegen. NC nickte. Dann ging er zur Kinokasse und kaufte eine Karte für *Maria, ihm schmeckt's nicht*. Er beugte sich zu der Verkäuferin, zerriss die Karte vor ihren Augen und flüsterte: Früher konnte man vor der Realität ins Kino flüchten, heute muss man vor der Realität im Kino flüchten. Dann nahm er die Schnipsel und die Nudelbox, warf alles zusammen in den Abfall und setzte anschließend seinen Zufallsspaziergang fort.

Er kam an dem Café vorbei, in dem er und Kornelia nach ihrer ersten gemeinsamen Nacht gefrühstückt hatten. Er blieb stehen und überlegte, ob er einen Kaffee trinken sollte, in Erinnerung an vergangene Zeiten sozusagen. Er entschied sich dagegen, lief weiter und landete bald in einem Viertel, das ihm fast gänzlich unbekannt war. Obwohl er seit einunddreißig Jahren in dieser Stadt wohnte, gab es Viertel, die er kaum jemals betreten hatte. Er fragte sich, ob es klug war, eine Stadt so zu kennen, dass sie einem vertraut wurde, oder ob es wie bei einer Frau besser war, nicht alles von ihr zu wissen. Es gibt ja einen Zusammenhang zwischen Langeweile und Kenntnis, dachte er.

Als er um eine Ecke bog, sah er den französischen Philosophen mit dem dreibeinigen Hund vor sich. NC blieb stehen. Er wollte den Mann und den Hund beobachten, danach schauen, ob bei dem Hund tatsächlich keine Unwucht im Gang zu erkennen war. Der Hund hob plötzlich seinen Kopf, als habe er etwas gewittert, blieb stehen, zögerte einen Moment und lief dann schwanzwedelnd auf NC zu, als ob er ihn wiedererkannte. NC ließ ihn an seiner Hand schnüffeln, und der Hund rieb sich den Kopf an seinem Hosenbein.

Er läuft so ganz ohne Unwucht, sagte NC zu dem alten Mann.

Wieder rieb der Hund sich den Kopf an NCs Bein.

November, lass das, sagte der Mann.

Der Hund heißt November?, fragte NC ungläubig.

Ist ja nicht verboten, oder?

Natürlich nicht, schüttelte NC den Kopf. Der Hund hatte von ihm abgelassen und sich neben den Fuß seines Herrchens gesetzt.

Ich finde es lediglich bemerkenswert, dass das Wort November aus drei Silben besteht und Ihr Hund auch drei Beine hat. Drei Silben, drei Beine.

Der Mann schaute ihn lange an, dann sah er auf seinen Hund herunter, dann wieder zu NC. Schließlich sagte er: Hat er wohl Glück gehabt, dass ich ihn nicht Fritz oder Karl genannt habe.

So weit will ich nicht gehen, sagte NC, aber es ist doch verrückt, wie sich manche Dinge zusammenfügen, obwohl sie eigentlich nichts miteinander zu tun haben, zum Beispiel der Buchstabe *H* wie bei Hund hat vier Beine, und ein normaler Hund hat auch vier Beine, aber der Buchstabe *N* wie bei November hat drei Beine und ihr Hund hat auch drei Beine. Das ist schon irgendwie –

Bist wohl Sprachwissenschaftler, was?, unterbrach ihn der alte Mann und schnippte mit den Fingern. Der Hund richtete sich auf, und beide setzten sie ihren Weg fort, ohne NC eines weiteren Blickes zu würdigen. Der blieb stehen. Man muss ja nicht gleich weitergehen, dachte er, nur weil andere Menschen weitergehen. Einfach mal stehen bleiben, auf einem grauen Gehweg vor einem Vorgarten eines Einfamilienhauses, bei dem die Fenster offen standen und ein Mann zu hören war, der fluchte und brüllte, ohne dass jemand darauf reagierte. Die Hände in die Hosentaschen stecken, in den Himmel schauen und das Muster, das die Flugzeuge in das Blau des Himmels zaubern, auf sich wirken lassen.

Auch wenn der Mann das Wort Sprachwissenschaftler eher verächtlich ausgesprochen hatte, spürte NC eine stille Freude. Von weitem erspähte er das große Gebäude, in dem er bis vor kurzem als Hausmeister tätig gewesen war. In dem Komplex waren mehrere Versicherungsunternehmen, selbstständige Finanzdienstleister und eine Bank untergebracht. Nachdem er ein Foto von der Bundeskanzlerin und ihren Ministern gesehen hatte, das mit *Die Regierungsbank* untertitelt war, war ihm klar geworden, wie eng die zwei Begriffe Regierung und Bank miteinander verbunden waren. Ein Wort, dessen zentrale Silbe Gier lautet, und ein Wort, das auf den ersten Blick Erholung suggeriert, in Wahrheit aber die Erträge der Gier verwaltet. Als Hausmeister einer Bank hatte er sich auf einmal wie ein Zuarbeiter des Verderbens gefühlt.

Der Mann in dem hinter ihm liegenden Haus hatte aufgehört zu brüllen. NC setzte seinen Weg fort. Während er seinen Kopf der wärmenden Märzsonne zuneigte, stellte er sich vor, was passieren würde, wenn der Hund November ein Bein hob, um sich zu erleichtern. Hoffentlich fällt er nicht jedes Mal um, dachte er. Ihm tat der Hund leid.

Wenig später betrat er eine Bäckerei, um sich ein süßes Teilchen zu gönnen. Immerhin war er schon eine ganze Weile unterwegs und hatte noch nichts zu sich genommen. Er betrachtete die Auslage hinter Glas und war froh, dass es eine große Auswahl gab. Er schwankte zwischen einem Streusel, einem Amerikaner, einer Nussecke und einem Mandelhörnchen.

Die Verkäuferin, eine Frau in den Vierzigern, stand mit am Körper angelegten Armen hinter der Theke und wartete geduldig darauf, dass NC sich äußerte. Ihr Körper strahlte eine vollkommene Liebe zu ihrem Beruf aus. In Gedanken sah er sie Teig aus Schüsseln naschen und Löffel voller Schokoladenglasuren ablecken. Sie trug ein Namensschild: *M. März.* Verrückt, dachte NC, erst November, jetzt März. Nur ein paar Straßen und schon ist ein halbes Jahr um.

Er hoffte, dass das M für Maria stand und nicht für Melanie, Manuela oder Michaela, die irgendwann in Melie, Manu oder Michi endeten. Es gab Namen, die hinterließen eine große Traurigkeit.

NC fragte die Verkäuferin, was sie ihm empfehlen würde.

Wenn ich Ihnen etwas empfehle, bedeutet das doch, dass ich eines besser bewerte als die anderen.

Ist das ein Problem?, fragte er.

Alle Teilchen sind gut. *Sie* müssen doch wissen, was Sie wollen. Die Verkäuferin verzog keine Miene.

Sie meinen, alle Teilchen sind gleich gut?

Die Verkäuferin nickte.

Ich glaube, das behaupten Sie nur, weil Sie nicht verantwortlich sein wollen, wenn es mir nicht schmeckt, sagte NC.

Die Verkäuferin schwieg.

Wahrscheinlich haben Sie den Film *Maria, ihm schmeckt's nicht* gesehen, und jetzt befürchten Sie, dass es heißt: Bei Maria schmeckt's nicht.

Woher wissen Sie, dass ich Maria heiße?

NC lächelte.

Die Verkäuferin verschränkte ihre Arme vor der Brust.

Angenommen, ich entscheide mich für ein Mandelhörnchen, Sie wissen aber etwas über das Mandelhörnchen, was ich nicht weiß, zum Beispiel, dass die Mandelblättchen nicht die besten sind, dann wäre es nicht sehr freundlich, wenn Sie dieses Wissen für sich behalten. Ich frage Sie doch, weil Sie eine Bäckereifachverkäuferin sind. Ein dreifach zusammengesetztes Hauptwort, das ist schon was, und das Entscheidende steht in der Mitte: *Fach*. Sie sind vom *Fach*, ich bin es nicht. Ich verlasse die Bäckerei erst, wenn Sie mir etwas empfohlen haben.

NC verschränkte ebenfalls die Arme vor der Brust. Die Verkäuferin schaute unsicher um sich, als befürchtete sie, beobachtet zu werden. Dann beugte sie sich über die Theke, als sei sie bereit, ihm ein Geheimnis anzuvertrauen. Er beugte sich ebenfalls nach vorne.

Ich empfehle Ihnen, einen Streusel zu nehmen.

Ich danke Ihnen und nehme Ihre Empfehlung mit Freuden an, flüsterte NC.

Sie lächelte, und während sie einen Streusel aus der Ablage nahm, in eine Tüte packte und über die Theke reichte, dachte er: Gemessen daran, wie glücklich man sich fühlt, wenn man etwas empfohlen bekommt, lässt man sich viel zu selten etwas empfehlen.

Ich möchte, dass Sie mir noch etwas empfehlen, sagte er.

Das möchte ich aber lieber nicht, sagte die Verkäuferin.

Beim ersten Mal war es nicht so schwer, und ich denke, beim zweiten Mal wird es noch leichter, entgegnete NC und nickte ihr aufmunternd zu. Ich bitte Sie, mir eine Straße zu empfehlen.

Die Verkäuferin kniff die Augen zusammen, als hoffte sie, so sehen zu können, ob es besser wäre, um Hilfe zu schreien. Ist eine Straße nicht eher etwas, das man sucht und findet? Sie sprach für sein Empfinden etwas zu laut, als hoffte sie, vorbeikommende Passanten auf der Straße darauf aufmerksam machen zu können, dass sich hier etwas Unerhörtes zutrug.

Ist es nicht leichter, etwas zu finden, wenn man weiß, wonach man suchen soll?

Frau März schwieg und schaute zur Eingangstür.

NC erklärte ihr, dass er spazieren ging und demnächst wieder nach Hause zurückkehren wollte. Dass er aber nicht einfach so umkehren, sondern erst einen Umkehrpunkt erreichen wollte, und das sollte eben eine Straße sein, die er auf ihre Empfehlung hin begehen wolle.

Versprechen Sie mir, dass Sie dann keine weiteren Empfehlungen wollen?

Hoch und heilig, sagte NC und lächelte.

Gehen Sie die Straße rechts runter, biegen die nächste links ab und dann die zweite rechts, dann sind Sie in der Holpenstraße. Das ist die Straße, die ich Ihnen empfehle.

Der Streusel war eine Offenbarung, die Holpenstraße dagegen auf den ersten Blick nichts Besonderes.

Die Straße, aus der NC in die Holpenstraße einbog, trug den Namen Blütenallee, das hätte die Verkäuferin doch empfehlen können. Wenn ihn jemand fragen würde, bis wohin er gegangen sei, hätte er sagen können: bis zur Blütenallee. Das hätte sofort den Eindruck eines schönen Spaziergangs hinterlassen. Entweder war die Holpenstraße ein Geheimtipp oder die Empfehlung bösartig. Er beschloss, die Holpenstraße ganz entlangzugehen, um etwas zu finden, was sie empfehlenswert machte. Ansonsten wollte er auf dem Rückweg noch mal das Gespräch mit der Bäckereifachverkäuferin suchen.

Die Straße bestand hauptsächlich aus Ein- und kleineren Mehrfamilienhäusern, die meisten mit kleinen Vorgärten, Garagen oder Carports versehen. Bis zur

Hausnummer vierzig fanden sich ein paar kleinere Gewerbebetriebe, eine Schreinerei, zwei Physiotherapeuten, ein Arzt für Psychiatrie, ein Logopäde und ein Geigenbauer. Die Häuser waren mehrheitlich weiß oder in weiß ähnlichen Cremefarben gestrichen. Architektonisch war das Gesamtbild der Häuser in Ordnung; NC fand nicht, dass hier besondere Hässlichkeit vorherrschte, aber eben auch keine Schönheit. Wobei er sich gar nicht im Klaren war, was eine Straße schön machte, wie sich Schönheit überhaupt vermittelte. Bei Gelegenheit wollte er darüber nachdenken.

Bei Hausnummer sechsundfünfzig stutzte er. Ein Schild wies in den Hinterhof. Auf dem Schild stand:

WEGE
BESTATTUNGEN UND TRAUERBEGLEITUNG

Ein Bestattungsinstitut, interessant, dachte NC. Da waren also die Toten drin. Nur ein paar Meter von ihm entfernt. Er stellte fest, dass er sich von allen möglichen Gewerben ein Bild machen konnte, er wusste, wie es in einer Schreinerei aussah, wusste, was ihn bei einem Arzt erwartete, konnte sich vorstellen, wie die Werkstatt eines Geigenbauers eingerichtet war, hatte Vorstellungen von einer Backstube, und natürlich hatte er sehr konkrete Bilder der Büros von Bankern, Immobilienmaklern und Versicherungsvertretern im Kopf, aber ein Bestattungsinstitut war für ihn nicht mehr als eine Aneinanderreihung von Buchstaben, aus denen sich kein Bild ergab. Irgendwas machen die da mit Toten, präziser konnte er es sprachlich und gedanklich nicht fassen.

Sein bisher einziger Kontakt mit dem Tod war ein Missverständnis gewesen. Angesichts des Schildes, erinnerte sich NC, dass er als Kind mit seinem Großvater über den Tod geredet hatte.

Sein Großvater war krank, und es war ein offenes Geheimnis, dass er bald sterben würde. Nies wollte wissen, was es bedeutet, zu sterben, was dann genau passiert. Der Großvater hatte drei Finger in die Höhe gestreckt und jedem Finger einen Buchstaben gegeben. Dem Daumen ein B, dem Zeigefinger ein F und dem Mittelfinger ein W. Drei Buchstaben, als wäre das die abgekürzte Todesformel, die man kennen musste. Nies hatte es nicht verstanden, denn BFW war das Leben seines Großvaters gewesen, und der Tod konnte doch nicht das Gleiche sein wie das Leben. BFW war die Abkürzung für Berufsfeuerwehr, die große Liebe seines Großvaters. Von nichts anderem hatte der Großvater zeitlebens geredet, bis alle Familienmitglieder die Geschichten von brennenden Häusern, explodierenden Gasleitungen und durch weggeworfene Zigaretten verursachte Waldbrände Wort für Wort nacherzählen konnten.

Der Großvater lachte über Nies' verwirrten Blick und konkretisierte: Daumen Bestatter, Zeigefinger Friedhof, Mittelfinger Wurm. Erst kommt der Bestatter, dann der Friedhof und dann die Würmer – BFW.

NC erinnerte sich, wie er erschrak über die Erkenntnis, dass der Tod direkt mit dem Beruf zusammenhing, und wie er damals entschied, niemals für die Berufsfeuerwehr zu arbeiten. Was für ein Wahnwitz, hatte er gedacht, einen Beruf zu ergreifen, in dem ein *W* vorkam.

Als sein Großvater dann eines Tages weg war, behauptete die Großmutter, er sei auf dem Weg in den Himmel. Nies hätte sie aufklären können, aber er hatte sie nicht verängstigen wollen, zumal sie in ihrer Jugend eine Zeitlang als Wäscherin gearbeitet hatte.

Bestattungsinstitut also. Bei dem Blick auf das zweieinhalbstöckige Gebäude dachte NC, dass das menschliche Leben im Grunde genommen eine Abfolge von Gebäuden war, in denen man sich aufhielt: Krankenhaus, Elternhaus, Kindergarten, Schule, Betrieb, Universität, Kneipe, Einkaufszentrum, Büro, Wohnung, Hobbykeller, Restaurant, Arztpraxis, Krankenhaus, Rehaklinik, Pflegeheim, Kirche, Bestattungsinstitut. Und ganz am Ende auf dem Friedhof kam man dann noch unter einen Stein, den Grabstein. Vielleicht war das Leben insgesamt etwas steinlastig, dachte er.

Am Ende eines langen Spaziergangs, der durch die zufällige Empfehlung einer Bäckereifachverkäuferin seinen Abschluss gefunden hatte, war er vor einem Bestattungsinstitut gelandet. Sein Bruder hatte gesagt, dass nicht mehr viel Luft nach unten wäre.

Er blieb stehen, obwohl er durchaus glaubte, in der Holpenstraße etwas Erfreulicheres entdecken zu können als ein Bestattungsinstitut. Aber er blieb stehen und bemerkte, dass *Tod* ein einsilbiges Wort war. Das gefiel ihm. Komplizierte Dinge bestanden aus mindestens zwei Silben, das Wort Liebe zum Beispiel. Noch schlimmer: Liebesverhältnis. Zwei Hauptwörter, zusammengesetzt, fünf Silben. Wahnsinn.

Tod.

Drei Buchstaben. Absolut ausreichend. Kaum mehr als die Mindestanzahl für ein Hauptwort. Mehr Buchstaben oder gar ein mehrsilbiges Wort wären geradezu geschwätzig für ein Ereignis des Verstummens, um das es sich ja handelte. Außerdem fand NC es passend, dass in der Mitte des Worts ein O platziert war. Sowohl von der Mundformung als auch von der Zeichenform her symbolisierte es das Loch, das am Ende auf einen wartete. Sprachlich gesehen besaß das Wort Tod im Grunde die optimale Korrelation zwischen Anzahl und Verteilung der Buchstaben und dem, was sie bedeuteten.

Aus den Augenwinkeln heraus bemerkte er, dass am Fenster des Bestattungsinstitutes ein Vorhang etwas zur Seite geschoben wurde. In einem Bericht über Amerika hatte NC gelesen, dass Menschen, die sich einem fremden Haus nähern, dies mit halberhobenen Händen tun, damit sie nicht erschossen werden. Natürlich könnten sie auch rufen: *Hallo, ich bin unbewaffnet.* Aber wahrscheinlich würde dann aus dem Haus zurückgerufen werden: *Zeig gefälligst deine Hände.* Im Grunde genommen kam man um erhobene Hände nicht herum. Obwohl er die Amerikaner in vielen Dingen als fragwürdig empfand, imponierte ihm, dass sie wussten, wann es sich lohnte, zu sprechen, und wann nicht.

NC breitete seine Hände aus.

Obwohl er nicht wusste, was er dort wollte, ging er langsamen Schrittes auf das Bestattungsinstitut zu. Auf dem Parkplatz stand ein Bestattungsfahrzeug, ein umgebauter Mercedes Vito.

Ein großgewachsener Mann mit vollem blondem Haar und einem Backenbart öffnete ihm die Tür. Auf NC wirkte er wie Abraham Lincoln. Es waren nicht nur die hohe Stirn und der Backenbart, die ihn präsidial wirken ließen, auch die schwarze Hose, das weiße Hemd und die darüber getragene schwarze Weste trugen zu diesem Eindruck bei. Er reichte NC die Hand.

Guten Tag, sagte er, wie kann ich Ihnen helfen?

Ich habe draußen das Schild gesehen, sagte NC.

Das hoffe ich doch, sagte Lincoln, wenn Sie es nicht gesehen hätten, hätte ich es schlecht angebracht. Abraham Lincoln sah NC freundlich an. Wie kann ich Ihnen denn nun helfen?, fragte er.

Obwohl er die Frage bereits zum zweiten Mal stellte, hatte NC noch keine Antwort parat. Wie konnte ein Bestatter ihm helfen? Er lebte ja. In seinem Kopf suchte er mögliche Antworten, während Lincoln geduldig lächelnd vor ihm stand, als sei er es gewohnt, dass seine Fragen nicht sofort beantwortet werden konnten. NC kamen zwei mögliche Antworten in den Sinn. Die erste war naheliegend, er sagte, *gar nicht, Sie können mir gar nicht helfen,* die zweite kam ihm verrückt vor.

NC hörte die Worte, die aus seinem Mund drangen, aber sie klangen so weit weg, dass es ihm so vorkam, als spräche sie ein anderer. In seinem Kopf ging alles kreuz und quer, und mit einem Mal war er sich selbst nicht mehr sicher, ob er tatsächlich hier stand oder nur träumte. Er hörte seinen Bruder, der ihm empfahl, sein Leben zu optimieren, und sah ihn die Hände über dem Kopf zusammenschlagen, wenn er erführe, dass NC in einem Bestattungsinstitut arbeite, er hörte seine Eltern, die sagten, man müsse sich seine Träume erfüllen, und er hörte seine eigene Stimme, die murmelte, der Tod ist das Ende jeden Lebenstraums.

Was suchen Sie denn für eine Stelle?, fragte Lincoln.

Die Frage war ohne Zweifel eines Präsidenten würdig, nicht gleich ein Ja oder Nein in die Luft werfen, sondern mit einer gezielten Frage den Dingen erst einmal auf den Grund gehen! Hatte NC seine Frage aus der Hüfte geschossen, ohne ein konkretes Ziel ins Auge gefasst zu haben, brachte ihn die Antwort des Präsidenten ins Wanken. Was suchte er für eine Stelle? NC hatte keine Ahnung, was in einem Bestattungsinstitut vor sich ging.

Er meinte, mal gehört zu haben, dass dort Tote gewaschen werden. Aber ob das stimmte? Und was bedeutete waschen? Zweisilbige Verben waren anfällig für Missverständnisse. Wie viele Beziehungen gingen an unterschiedlichen Vorstellungen von Waschen und Putzen zugrunde. Und wollte er tatsächlich Tote waschen?

Ich bräuchte jemand, der sich um die Toten kümmert, sagte Lincoln schließlich.

Ich war mal Hausmeister, entgegnete NC.

Bei den Toten geht es weniger darum, Dinge zu reparieren oder instand zu halten, sagte Lincoln.

Ich meinte nur, wegen dem Kümmern, sagte NC.

Lincoln nickte und bat NC, einzutreten.

Er führte ihn in einen Raum, in dem ein großer Holztisch stand, an dem mindestens zehn Personen Platz finden konnten. Sie setzten sich gegenüber und Lincoln fragte: Schon mal mit Toten zu tun gehabt?

NC schüttelte den Kopf.

Wie heißen Sie?, fragte Lincoln.

Bevor NC antworten konnte, klopfte es an die Tür, und fast schon im selben Moment ging sie auf. Lincoln sah zur Seite und lächelte. NC wunderte sich, denn er sah niemanden, allerdings war seine Sicht auf die Tür durch einen Stuhl eingeschränkt. Dann sah er einen rotblonden Haarschopf oberhalb der Stuhllehne auftauchen, aber kein Gesicht. Im ersten Moment dachte NC an ein Kind, aber es war eine sehr kleine Frau, wie er feststellte, als sie neben Lincoln stand. Selbst stehend reichte sie dem sitzenden Lincoln nicht bis zur Stirn. Sie würdigte NC keines Blickes, aber NC war sich sicher, dass sie ihn bemerkt hatte. Sie zeigte Lincoln ein Papier und sah dabei so hartnäckig an NC vorbei, dass der sie im Stillen mit allen abfälligen Schimpfwörtern über Kleinwüchsige belegte, die ihm in der kurzen Zeit einfielen. Lincoln überflog das Papier mit einem Blick und sagte: Danke, ich ruf gleich zurück. Dann nickte er zu NC und sagte: Er bewirbt sich als Bestattungshelfer.

Die kleinwüchsige Frau drehte sich zu NC und warf ihm einen kurzen abschätzigen Blick zu. Der Tod ist groß, sagte sie, für manche zu groß.

Wenn man so klein ist, wirkt wahrscheinlich alles ein bisschen groß, entgegnete NC.

Lincoln zog hörbar Luft durch die Zähne. NC bemerkte, dass der kleine Finger seiner linken Hand zu zucken anfing und in unklarem Takt auf die Tischplatte trommelte. Die Frau kniff die Augen zusammen, Lincoln beugte sich zu ihr, flüsterte etwas, das NC nicht verstand, die Frau schüttelte den Kopf und wandte sich an NC: Der letzte Bestattungshelfer ist vor zwei Wochen gestorben. Sie sagte das in einem so beiläufigen

Ton, als sei es üblich, dass Bestattungshelfer in kurzen Abständen ihr Leben ließen. Dann zuckte sie die Schultern, als habe sie aufgehört, sich zu wundern, dass es immer wieder neue Kandidaten gab, die ihr Leben aufs Spiel setzen wollten.

Echt?, rutschte es NC im Schreck heraus.

Die kleine Frau fing schallend an zu lachen und blickte zu Lincoln. Ich sag ja, ist 'ne Nummer zu groß für ihn.

Lincoln lächelte, rutschte aber unruhig auf seinem Stuhl hin und her, und NC merkte, dass er auf den Arm genommen worden war.

Sie brauchen nicht zu lachen. So klein wie Sie sind, hat man Sie schnell übersehen, stolpert und bricht sich das Genick, sagte er und kniff ebenfalls die Augen zusammen.

Die Frau nickte ihm anerkennend zu. Nicht schlecht, murmelte sie.

Ein Klopfen. Es klang metallisch, nicht nach dem Holz der Tür, kam aber von dort. Im Türrahmen stand das genaue Gegenteil der Frau, ein Mann, so groß und breit, dass er den ganzen Türrahmen ausfüllte. In seinen Händen hielt er eine metallene Urne. Mit den Fingerknöcheln klopfte er erneut dagegen und lachte.

Ob groß, ob klein, da passt jeder rein. Er lachte ein tiefes Lachen. Offensichtlich stand er schon eine Weile dort und hatte dem Gespräch gelauscht.

Ist das Herr Michaelis?, fragte Lincoln mit Blick auf die Urne. Ohne eine Antwort abzuwarten, fuhr er fort: Stell sie ins Regal und vergiss nicht, die Kremationsurkunde zu kopieren.

Er klang genervt. Dann schaute er zu NC, als überlegte er, ob er das Gespräch fortsetzen sollte. NC hatte Schwierigkeiten, seinem Blick standzuhalten. Er war verwirrt. Er hatte sich vieles vorstellen können, was ihm in diesen Räumen begegnen würde, aber mit Frauen, die versuchen, ihre Kleinwüchsigkeit zu kompensieren, und Männern, die auf Urnen klopfen, hatte er nicht gerechnet.

Plötzlich sprang Lincoln von seinem Stuhl auf, warf der Frau einen scharfen Blick zu, ging mit gestreckter Hand NC entgegen und sagte: Falls Sie wirklich Interesse haben, kommen Sie morgen früh um acht zum Probearbeiten. Dann sehen wir weiter.

Die Frau streckte ihm ebenfalls die Hand entgegen.

NC zögerte.

Wenn du es nicht schaffst, dich so weit runterzubeugen, dass du mir die Hand geben kannst, glaube ich noch, dass Großsein eine Behinderung ist.

NC lag lange wach in der Nacht, wälzte sich unruhig hin und her und überlegte, ob er tatsächlich am darauffolgenden Tag probearbeiten wollte. Er wusste immer noch nicht, was dort eigentlich vor sich ging. Die Frau hatte gesagt, dass der letzte Bestattungshelfer vor zwei Wochen gestorben war. Auch wenn NC sicher war, dass es sich um einen Scherz gehandelt hatte, und ihm grundsätzlich klar war, dass jeder Mensch jederzeit sterben konnte, befiel ihn das mulmige Gefühl, es könnte ein schlechtes Omen sein, sich zu sehr in der Nähe von Toten aufzuhalten.

Er stand auf, ging in die Küche, öffnete das Fenster und sog die kühle Nachtluft ein. Bestattungshelfer, murmelte er. Die letzten Jahre hatte er auf die Frage nach seinem Beruf mit *Meister* geantwortet. Ein Ohrenarzt ist Arzt und kein Ohr und er war eben ein Meister und kein Haus.

Helfer klang irgendwie minderbemittelt. Wie eine Arbeitsbeschaffungsmaßnahme für Menschen, die geistig nicht ganz auf der Höhe waren.

Andererseits klang Bestattungshelfer altmodisch, und das gefiel ihm. Es war kein Wort, das sich wie so viele aufgemacht hatte nach Übersee, die als Buchhalter oder Verkäufer gestartet und als Billing Manager und Key Accounter zurückgekehrt waren. Lieber wollte er Bestattungshelfer als Death Organizer sein, dachte er.

Außerdem musste er Geld verdienen, und eine Arbeit abzulehnen, weil einem die Berufsbezeichnung nicht passte, war ein Luxus, den er sich nicht leisten konnte.

Bestattungshelfer schien ihm immerhin ein Beruf zu sein. Die meisten Berufe konnte man ja auch als Hobby ausüben, kochen zum Beispiel, oder Dinge verkaufen, oder Fahrräder reparieren, oder nähen, oder designen, oder gärtnern, oder handwerken, oder mit Geld spekulieren, selbst therapeutisch konnte man im Verwandtschafts- oder Freundeskreis tätig sein. Aber bestatten? Bestatten war definitiv kein Hobby, das war ein echter Beruf und damit im Grunde etwas Einmaliges.

Er holte sich das Telefon aus dem Flur und rief seinen Bruder an. Es war halb fünf morgens, in London halb vier.

Es ist mitten in der Nacht, Herrgott, ist was passiert? Bernds Stimme war so orientierungslos wie sein Denken, sie wechselte mitten im Wort die Höhe, als wäre er im Stimmbruch, für NC klang sie erfrischend hilflos.

Ich habe einen neuen Job, sagte NC.

Das ist gut, was ist es denn?

Nichts Alltägliches, sagte NC.

Und was genau?

Ich bringe Menschen unter die Erde.

Bernd schwieg. NC hörte ihn durch die Leitung atmen.

Kannst du das konkretisieren?

Ich wasche sie noch davor.

Bernd atmete laut aus.

Ernsthaft?, fragte er

Ernsthaft, antwortete NC.

Bernd schwieg.

Also Bestatter, sagte er schließlich.

Es gibt verschiedene Bezeichnungen dafür, aber ja, Bestatter ist richtig.

Glaubst du, du findest mit dem Beruf eine Freundin?

NC schluckte. Daran hatte er tatsächlich nicht gedacht. Wenn sein Bruder sich ekelte, obwohl der tausend Kilometer weit weg in London wohnte, war es nicht unwahrscheinlich, dass auch Frauen wenig Interesse zeigen würden, ihm nahezukommen, sobald sie von seinem Beruf erfahren würden.

Er wusste nichts auf die Frage seines Bruders zu antworten. Mit einem Mal war jede Schlagfertigkeit weg, jedes Überlegenheitsgefühl, von dem er noch Sekunden zuvor erfüllt war.

Wortlos drückte er das Gespräch weg. Das Klacken hörte sich für ihn genauso jämmerlich an wie jedes Wort, das er hätte erwidern können.

Er wollte irgendwo draufschlagen, reinhauen, etwas kaputtmachen. Er ging ins Schlafzimmer und drosch auf sein Kopfkissen ein, aber das brachte nichts. Die Eier, dachte er, er lief in die Küche und mit der Sechserpackung zurück ins Schlafzimmer. Er öffnete beide Flügel des Fensters, draußen war alles dunkel. Er beugte sich vor, überblickte die Straße, niemand unterwegs. Bevor er in die Packung griff, knipste er in seinem Zimmer das Licht aus. Dann warf er mit voller Wucht das erste Ei, und als es auf der gegenüberliegenden Straßenseite an die Hauswand klatschte, nahm er zufrieden das zweite, dann drei und vier. Die letzten zwei Eier warf er auf parkende Autos.

Danach ging er ins Bad, duschte und rasierte sich, zog sich eine schwarze Hose und ein weißes Hemd an und machte sich einen Kaffee. Als die Morgendämmerung genug Licht hergab, ging er mit seiner Kaffeetasse ins Schlafzimmer und sah aus dem Fenster. Vier Eier waren im Abstand von etwa drei Metern an der Hauswand gelandet, nicht weit voneinander entfernt, aber nicht so nah, dass man von einem Muster sprechen konnte. Zwei Autos hatten Sonnen auf ihren Dächern, und wer wollte sich darüber beklagen. Auch wenn er seine Aktion rückblickend etwas kindisch fand, erfüllte es ihn mit einem gewissen Stolz, dass er es geschafft hatte, vier Eier über eine geschätzte Distanz von fast fünfzig Metern zu werfen. Er schaltete seinen Computer an und schrieb Kornelia eine Mail.

*Hallo Kornelia,*
*Gibt es Berufe, vor denen du dich ekelst? Also, gibt es*

*Berufe, die es für dich ausschließen würden, mit einem Mann zusammen zu sein?*
*Grüße*
*NC*
*P. S.: Ich habe übrigens einen neuen Job.*
*Mein jetziger Beruf fängt mit B an.*

Er las die wenigen Zeilen nochmals durch. Dass er den Job noch gar nicht hatte, war eine Lüge von geringem Belang. Er schickte die Mail ab. Kurz darauf rief er sie nochmals auf und las sie erneut durch. Warum hatte er *übrigens* geschrieben, dass er *übrigens* einen neuen Job habe? Er ärgerte sich. Übrigens war ein Wort, mit dem er sich klein machte.

Bevor er Viertel nach sieben das Haus verließ, nahm er einen Lappen von der Spüle und rieb damit so gründlich über seine Schuhe, dass ihn selbst das Gefühl beschlich, er wolle seine Berufsbezeichnung aufpolieren.

Obwohl er die Strecke auch mit dem Fahrrad hätte fahren können, entschied er sich, den Bus zu nehmen. Es war zwar keine Wolke am Himmel zu sehen, aber ein wolkenloser Himmel war nichts für die Ewigkeit, und zudem wollte er nicht verschwitzt und mit zerzausten Haaren im Bestattungsinstitut ankommen. Der Bus war noch recht leer, und er bekam problemlos einen Fensterplatz. Aber an jeder Haltestelle stiegen immer mehr Schüler zu, und nach noch nicht einmal der Hälfte der Strecke bereute er es, nicht das Fahrrad genommen zu haben. Die Schüler drängelten sich auf dem Gang. Sie mussten stehen, während NC saß. Das ließ ihn sich älter fühlen, und er ärgerte sich, dass der Bus nicht mehr Sitzplätze hatte. Irgendwie kam es ihm zwar passend vor, sich alt zu fühlen und auf dem Weg zu den Toten zu sein, aber gefallen tat es ihm nicht. Damit er nicht die sich auf dem Gang drängelnden, an den Schulranzen hin und her schubsenden Schüler sehen musste, lehnte er seinen Kopf ans Fenster und schaute nach draußen.

Als der Bus an der Bäckerei vorbeifuhr, sah er durchs Fenster die Verkäuferin vom Vortag. Sie sortierte die Auslage im Schaufenster. Er klopfte an die Scheibe. Sein Sitznachbar, ein Schulkind von vielleicht zehn Jahren, das eine Haltestelle nach ihm eingestiegen war, tippte sich mit dem Zeigefinger an die Stirn und sagte: Du bist aber dumm. Das kann doch draußen niemand hören.

Na und, sagte NC, erstens geht dich das überhaupt nichts an, und vielleicht finde ich es toll, gegen die Scheibe zu klopfen, gerade weil es draußen niemand hören kann.

Ach so, sagte der Junge.

Genau, sagte NC.

Kurz darauf stupste er NC an und sagte: Wenn du es toll finden würdest, gegen die Scheibe zu klopfen, gerade weil es draußen niemand hört, dann würdest du es doch öfters tun. Du hast es aber nur getan, als wir an der Bäckerei vorbeigefahren sind. Ich glaube, du wolltest schon, dass jemand dein Klopfen hört.

Du kannst einem ja die Welt erklären, sagte NC und schaute demonstrativ aus dem Fenster.

Wenn du öfters mit dem Bus fährst, schon, antwortete der Junge.

Ungläubig drehte sich NC zu dem Jungen. Das war Ironie, sagte er, I-R-O-N-I-E, das bedeutet, dass meine Worte nicht ernst gemeint waren.

Der Junge zuckte mit den Schultern.

NC verdrehte die Augen. Man sagt etwas, aber man meint das Gegenteil. Das bedeutet Ironie. Lernt man so was nicht in der Schule?

Der Junge schwieg, und NC schaute wieder aus dem Fenster. Aber er spürte, dass es in dem Jungen arbeitete, dass eine weitere Äußerung kurz bevorstand und wahrscheinlich noch viele viele weitere folgen würden, bis die Geschichte mit dem Klopfen für ihn restlos aufgeklärt wäre. Und dann hätte er wahrscheinlich schon den nächsten Widerspruch entdeckt, mit dem er ihn konfrontieren würde. Bevor der Junge glaubte, dass er ihn vollquatschen könne, sollte er ihm diese Illusion nehmen und ihm sagen, dass er an einem Gespräch so interessiert sei wie an Masern. Das wäre deutlich, kindgerecht und verständlich. Der Junge war schneller.

Du klopfst an die Scheibe, obwohl dich niemand hört, und du sagst etwas, aber du meinst das Gegenteil. Wenn du willst, frage ich meine Mutter, die ist Ärztin. Er neigte seinen Kopf etwas zur Seite und schaute an die Decke des Busses, als sähe er sich jetzt schon im Fachgespräch mit seiner Mutter, um die entsprechende Medikamentendosierung zu besprechen.

NC schmeckte die demütigenden Worte ab, die ihm auf der Zunge lagen, und als ein Jugendlicher sich durch den Gang drängelte und dem Jungen mit den Worten *Na, du Spast, versteckst dich wieder bei Erwachsenen?* auf den Hinterkopf haute, schluckte er sie runter. NC sah wieder aus dem Fenster, und der Junge schwieg.

Zwei Stationen später stand er auf, um auszusteigen. Der Junge nahm den blauen Scout-Schulranzen, der zwischen seinen Beinen stand, auf die Knie und drehte sich zum Gang hin, um Platz zu machen.

Tschüss, sagte er.

Hm, brummte NC. Der Junge zog ihn am Ärmel. NC drehte sich verärgert um.

Fährst du morgen wieder mit dem Bus?

NC war unschlüssig, ob hinter der Frage ein Wunsch stand. Er dachte an den Jugendlichen, der ein paar Meter weiter mit anderen zusammenstand und Fotos auf seinem Handy zeigte. Vielleicht wollte der Junge ihm aber auch einfach mitteilen, dass er ihm dann morgen weiter die Welt erklären könne. NC hielt beides für möglich. Morgen fahre ich mit dem Fahrrad, sagte er und stieg aus.

Er hatte ein flaues Gefühl im Magen, als er das Bestattungsinstitut betrat. Der Vortag war nicht vergessen, und die Ungewissheit, was ihn heute erwartete, machte ihn nervös. Abraham Lincoln erwartete ihn schon in der Tür, streckte ihm die Hand entgegen und sagte: Es freut mich, dass du gekommen bist.

NC registrierte erfreut, dass Lincoln ihn duzte. Dann fragte Lincoln nach NCs Namen.

NC, antwortete NC.

Entzeeh?, fragte Lincoln irritiert. Kannst du das buchstabieren, bitte.

N wie No, C wie Canadian, sagte NC.

No Canadian, wiederholte Lincoln langsam und sah NC durchdringend an. Wenn du eine Therapie brauchst, bist du hier falsch.

NC nickte.

Abraham Lincoln hieß in Wirklichkeit Manfred Wege. Die sehr kleine Frau war seine Ehefrau und hieß Sabine. Manfred sagte, falls NC sich wundere, dass ein großer Mensch wie er mit einer kleinen Frau wie ihr zusammen sei, solle er sich so wundern, dass er nichts davon mitbekomme. Sabine saß im Büro und telefonierte gerade, als Manfred und NC eintraten. Sie winkte NC freundlich zu und wies entschuldigend auf den Telefonhörer.

Ist der letzte Bestattungshelfer tatsächlich gestorben?, fragte NC.

Wenn wir ein Messer zur Hand gehabt hätten, schon, sagte Manfred, er hat heimlich Fotos von den Toten gemacht, und war dabei, sie ins Internet zu stellen, als wir ihn erwischt haben. Es haben sich in letzter Zeit etliche beworben, die vorwiegend darauf aus waren, den Grusel des Todes als Inhaltsfüller für ihr leeres Leben zu suchen. Falls du nekrophile Neigungen hast oder den Nervenkitzel von verwesenden Körpern suchst, dann bist du hier falsch. Dann solltest du gleich gehen. Aber wenn du bleibst und ich dich jemals dabei erwischen sollte, dass du die Würde eines Toten nicht respektierst, dann wirst du bereuen, jemals dieses Institut betreten zu haben.

Er sah NC ernst und ohne mit der Wimper zu zucken an. NC spürte, dass Manfred die Worte nicht nur so dahinsagte, sondern tatsächlich bereit war, ihnen Taten folgen zu lassen, wenn er es für angebracht hielt. NC war beeindruckt, aber auch irritiert, dass jemandem Tote so wichtig sein konnten. Er nickte, obwohl er keine Ahnung hatte, was er sich unter der Würde der Toten vorstellen sollte. Einen Moment lang überlegte er, ob er nachfragen sollte, denn natürlich bestand die Gefahr, dass er die Würde eines Toten verletzte, wenn er keine Vorstellung davon hatte, was das bedeutete. Andererseits hatte Manfred in einem Tonfall davon gesprochen, als läge es auf der Hand, was das bedeutete, und er wollte sich durch zu schnelles Nachfragen nicht wie ein Idiot aufführen.

Manfred zeigte ihm den Versorgungsraum, in dem die Verstorbenen gewaschen, angekleidet und im Falle einer Kremation noch einmal vom Amtsarzt untersucht wurden. Bei einer Erdbestattung reichte eine Todesfeststellung durch einen Arzt, aber bei einer Kremation musste eine sogenannte zweite Leichenschau durchgeführt werden, um sicherzugehen, dass der tote Körper tatsächlich keine Hinweise auf Fremdverschulden zeigte. Während bei später aufkommenden Vermutungen Skelette untersucht werden konnten, waren in der Asche alle möglichen Hinweise verbrannt. Der Tisch, auf dem die Toten gewaschen wurden, war ein fahrbarer und höhenverstellbarer Metalltisch, an dessen Kopfende ein Abfluss angebracht war. An der Wand hing ein Waschbecken, über das der Versorgungstisch gefahren wurde, falls den Leichnamen die Haare gewaschen werden sollten oder auch der ganze Körper abzuduschen war. Manfred sprach langsam und konzentriert, als ob es ihm wichtig war, dass NC jedes Detail mitbekam. Nur die Zärtlichkeit, die in seiner Stimme mitschwang, sobald er über Tote sprach, irritierte NC.

Manfred erklärte ihm die Kühlzellen, die die toten Körper davor schützen sollten, zu schnell zu vergehen. Sie waren auf sechs Grad Celsius eingestellt.

Mit dem Tod endet das Haltbarkeitsdatum unseres Körpers, fuhr Manfred fort, danach fängt er an, sich zu wandeln, verfärbt sich und fängt an zu riechen. Aber, sagte er, ein toter Körper ist kein schlecht gewordenes Lebensmittel, das man entsorgt. Der Körper dient einem ein Leben lang so gut er kann und so gut man ihn lässt. Da wirft man ihn nicht weg wie verschimmeltes Brot, wenn er seine Schuldigkeit getan hat, sondern ehrt ihn durch eine letzte Waschung, gerade, weil er zu nichts mehr nütze ist.

Er sah NC direkt in die Augen, und NC kam es so vor, als sähe Manfred durch ihn durch und in ihn hinein bis auf den Grund seines Wesens.

Wenn du hier arbeitest, sagte Manfred, arbeitest du als Anwalt der Toten. Du wirst ihnen zu ihrem Recht verhelfen, bis sie unter der Erde sind.

NC nickte. Es war das erste Mal, dass jemand Wert darauf legte, etwas zu pflegen, was unnütz war, was zu Staub verfiel. Das war ja vollkommener ökonomischer Unsinn, dachte NC.

Es war das Beste, was er seit langem gehört hatte.

Das ist einer unserer Abschiedsräume, sagte Manfred und zeigte auf eine Tür schräg gegenüber.

An der Wand neben der Tür hing eine buchdeckelgroße Schiefertafel. Darauf ein Name: Elfriede Stein. Vor der Tür blieb Manfred stehen. NC lief ein Schauer über den Rücken, als er daran dachte, dass er jetzt zum ersten Mal einen toten Menschen sehen würde. Sein Puls ging schneller.

Sie ist einundneunzig Jahre alt geworden, sprach Manfred vor sich hin, ohne sich direkt an NC zu wenden. Sie hat zweiundvierzig Jahre als Lehrerin gearbeitet und vier Kinder bekommen, eigentlich waren es sechs, aber die ersten zwei starben noch im Mutterleib. Das vierte Kind war von Geburt an behindert. Frau Stein war vier Mal verheiratet, der erste Mann fiel im Krieg, den zweiten hat sie verlassen, weil er die Kinder schlug, den dritten wegen seiner Alkoholsucht und der vierte starb ein halbes Jahr nach der Hochzeit an Krebs. Die letzten sechsunddreißig Jahre lebte sie allein. Nach ihrer Pensionierung engagierte sie sich bis zu ihrem Tod ehrenamtlich in einer Suppenküche.

Manfred hörte auf zu reden. NC spürte seinen Blick, den er von der Seite auf ihn richtete. Es war ihm unangenehm, es kam ihm vor, als wartete er auf eine Reaktion von ihm. Aber was sollte er sagen?

Schließlich fragte er hilflos: Muss ich mir das merken?

Manfred lachte. Dann klopfte er, öffnete kurz darauf die Tür und sie gingen zusammen hinein. Der Abschiedsraum war ein etwa zwölf Quadratmeter großes Zimmer. In der Mitte stand der Sarg von Frau Stein auf einem Holzkatafalk.

NC blieb zwei Meter vor dem Sarg stehen. Er fühlte sich unwohl bei dem Gedanken, näherzutreten, und blieb auf Abstand.

Hallo Frau Stein, sagte Manfred plötzlich, ich habe Herrn NC mitgebracht. Vielleicht wird er bei uns anfangen zu arbeiten.

NC senkte seinen Kopf und schloss die Augen vor Scham. In seinem Kopf spukten die widersprüchlichsten Gedanken. Wieso klopft er an die Tür, bevor er eintritt? Wieso redet er mit ihr? Warum stellt er mich vor? Verlangt er gleich noch, dass ich ihr die Hand schüttle? Ihn beschlich der Gedanke, dass man mit ihm ein perfides Spiel trieb, um ihn auf die Probe zu stellen. Insgeheim rechnete er damit, dass die alte Frau aus dem Sarg springen, sich eine Maske vom Gesicht reißen und lachend mit dem Finger auf ihn zeigen würde, weil er gedacht hatte, dass sie tatsächlich tot war.

Aber niemand fing an zu lachen, und Frau Stein bewegte sich nicht. Regungslos lag sie in einem Sarg aus Tannenholz. Sie trug eine dunkelblaue Hose, eine weiße Bluse und darüber eine hellgraue Strickjacke. Ihre weißen Haare waren sorgfältig zurückgekämmt. So wie die Frau im Sarg lag, hätte man denken können, dass sich hier eine alte Frau nach einem sonntäglichen Kirchgang kurz hingelegt hätte, um etwas auszuruhen. Nur die rote Rose zwischen ihren gefalteten Händen und zwei Handvoll Blütenblätter, die im Sarg entlang des inneren Rands verstreut waren, wiesen darauf hin, dass es hier um mehr ging als um eine Verschnaufpause.

Neben dem Sarg stand ein kleiner Holztisch, darauf sah man eine brennende Kerze und ein Foto, das Frau Stein vor einem Gebirgssee zeigte. Auch auf diesem Foto waren ihre Haare aus der Stirn nach hinten gekämmt. In der Sorgfalt, mit der man Frau Stein angezogen und den Sarg mit Blütenblättern geschmückt hatte, war eine zu große Ernsthaftigkeit zu spüren, als dass es tatsächlich scherzhaft gemeint sein konnte.

Kann ich dich allein lassen? NC spürte Manfreds Hand auf seiner Schulter und nickte. Kurz darauf hörte er, wie die Tür leise ins Schloss fiel.

Zum ersten Mal in seinem Leben war er mit einem toten Menschen allein. Mit einem Mal fiel ihm auf, wie kühl es in dem Raum war. Er vermutete, dass eine Klimaanlage lief. Eine Weile blieb er einfach stehen und starrte Frau Stein an. Er hatte vermutet, dass er Angst haben würde, eine diffuse Sorge, dass der Tod auf ihn übergreifen könnte, wenn er ihm zu nahe kam. Aber je länger er dort vor dem Sarg stand, desto mehr spürte er, dass er sich in der Nähe dieser toten Frau nicht unwohl fühlte. Etwas wärmer hätte es sein können, aber die Kühle war ihm lieber, als wenn Frau Stein irgendwie verdorben gerochen hätte. Es kam ihm so vor, als bliebe im Raum die Zeit stehen. Kein Geräusch war zu hören, und das gab ihm das Gefühl, allein auf der Welt zu sein. Allein mit Frau Stein.

Er nahm einen Korbstuhl, der an der Wand stand, rückte ihn an den Sarg heran und setzte sich. An ihrem rechten Ohr sah er eine bläuliche Verfärbung, die sich etwa zehn Zentimeter weit über den Hals ausbreitete. Das war also ein erstes Zeichen der Verwandlung, dachte NC. Auf eine seltsame Art fühlte er sich geborgen, niemand erwartete von ihm, dass er irgendetwas tat, niemand forderte ihn zum Reden auf, niemand stellte ihm eine Frage. Es kam ihm vor, als hätte Frau Stein ihn in ihre Obhut genommen, als hätte sie ihm angeboten, im Korbstuhl neben ihr Platz zu nehmen, zusammen zu schweigen und dem Leben draußen keine Beachtung zu schenken. Tatsächlich spürte er so etwas wie Dankbarkeit gegenüber der toten Frau, die neben ihm in ihrem Sarg lag, als hätte sie sich selbst dort niedergelassen.

Fast konnte er vergessen, dass sie tot war. Er beugte sich zu ihr herab und nahm einen schwachen süß-säuerlichen Geruch wahr, den er mit keinem ihm bekannten Geruch in Verbindung bringen konnte. Wenn das der Totengeruch ist, dachte er, dann trägt er den zärtlichen Beinamen *Schlafes Bruder* zu Recht. Kein Lufthauch, der auf seine Wange traf. NC nahm ein Papiertaschentuch aus einer Box, die auf dem Holztisch stand, straffte es zwischen den Fingern und hielt es Frau Stein ganz nahe vor den Mund. Es bewegte sich nicht.

Tatsächlich tot, murmelte er halblaut vor sich hin und lächelte.

Er atmete bewusst ein und aus und spürte, wie sich sein Brustkorb hob und senkte. Er horchte auf das Geräusch, wenn er die Luft einsog und wieder ausatmete, er versuchte, sich auf den Luftstrom zu konzentrieren, seinen Lauf zu verfolgen, nachzuspüren, was in seinem Körper passierte. Er wollte wissen, was es bedeutete zu atmen, was den Unterschied ausmachte zwischen Leben und Tod.

Es gelang ihm nicht, das Denken auszuschalten. Selbst wenn die Gedanken unklar waren, zu schnell, als dass er sie fassen konnte, waren sie da. Jeder Atemzug, den er nahm, schleuste nicht nur Luft in seine Lungen, sondern ging auch durch seinen Kopf.

Er blickte zu Frau Stein.

Ihre Gesichtszüge waren entspannt, in einer zufriedenen Ermattung hatten sie sich in ihr Hautbett zurückgelehnt, als wären sie von aller Anstrengung befreit worden. Irgendwie verwirrte es ihn doch, dass dieses tote Gesicht keine Angst ausstrahlte. Da war kein Grauen, das sich im Moment des Todes offenbart und ins Gesicht gelegt hatte. Im Gegenteil, die Haut schien ihm dünner als gewöhnlich zu sein, fast licht, so als hätte sich eine Schutzschicht verflüchtigt, die nun nicht mehr gebraucht wurde.

NC fand die tote Frau Stein schön. Sie wirkte auf eine Art schön, die fern von irdischen Maßstäben war, und das hatte nichts mit ihrem Alter zu tun. Es war eine Schönheit, die die irdische Sorge um sich selbst verloren hatte. Vielleicht gibt es eine natürliche Schönheit des Menschen, die sich erst im Tod zeigen kann, wenn sie durch keinen Spiegel mehr in Frage gestellt werden konnte, dachte NC.

Zwei Kinder hatte sie im Mutterleib verloren. Wie groß musste der Wunsch nach Kindern gewesen sein, dass sie trotz zweier Fehlgeburten nicht aufgehört hatte, auf das Glück gesunder Kinder zu hoffen? Wie viel Angst musste sie bei jeder neuen Schwangerschaft gehabt haben?

Zwei Männer verlassen, und das erhoffte Glück mit dem vierten Mann war vorbei, ehe es richtig beginnen konnte.

NC spürte, dass sein Atem schneller ging, als ihm bewusst wurde, wie sehr diese tote Frau Stein für ihr Glück gekämpft hatte, dass keine Trauer, kein Schmerz und keine Enttäuschung so groß gewesen waren, dass sie ihr den Mut hätten nehmen können, für ihr Glück einzustehen.

Wie oft war ihr Atem wohl schneller gegangen? War nicht jedes Atmen ein Einsaugen von Hoffnung und das Ausatmen ein Dunst von Ernüchterung? Die Verwandlung von Sauerstoff in Kohlendioxid. Als würden bei jedem Atemzug die zwei *f* in der Mitte des Wortes Hoffnung, die so zuversichtlich herausragen, geköpft.

Ist es ein falscher Eindruck, dass Babys, kaum haben sie das Licht der Welt erblickt, immerzu einatmen, so voller Hoffnungen und Erwartungen starten sie in ihr Leben? Kaum verbrauchte Luft, die aus ihnen strömt, immerzu einatmen, einatmen und hoffen.

Und dann wird im Lauf eines Lebens das Geräusch des Ausatmens immer lauter, und wir müssen immer mehr Aufwand betreiben, um den Glauben an die Hoffnung nicht zu verlieren.

Das Atmen, der Motor des Lebens, sitzt nicht nur in der Brust, sondern auch im Kopf, dachte NC.

Er beugte sich noch mal über Frau Steins Gesicht, und jetzt bei näherem Hinsehen meinte er schon in den vielen kleinen Fältchen die Müdigkeit und Erschöpfung wahrzunehmen, die sich im Verlauf der Jahre eingenistet hatten. Falten sind das über Jahrzehnte gewachsene Einverständnis, eines Tages nicht mehr atmen zu müssen, dachte NC. Und jetzt hatte sich für Frau Stein die das Leben bestimmende Frage, ob das Ausatmen der Gewinn der Wirklichkeit war oder der Verlust des Ideals, erledigt. Der Krieg war vorbei, alle Schlachten geschlagen.

NC nahm die Hand von Frau Stein. Sie war kalt, aber das war nicht der Grund für sein Zittern. Ihm war bewusst, wie tief diese Frau geatmet hatte in ihrem Leben. Er, der sich lustig machte über Lebensträume, konnte nicht verhindern, dass ihm die Tränen kamen.

Eine Weile blieb NC noch in dem Korbstuhl sitzen. Er wunderte sich. Gestern erst hatte er Geburtstag gehabt, war spazieren gegangen und hatte sich über einen unglaublich guten Streusel gefreut, und keine zwölf

Stunden später saß er neben einer wildfremden Frau in einem Sarg und machte sich Gedanken über den Tod.

Das ist verrückt, Frau Stein, sagte er. Auch, dass ich mit Ihnen spreche.

Bevor NC zu Manfred ins Büro ging, wusch er sich auf der Toilette das Gesicht.

Manfred schaute auf seine Uhr und nickte NC anerkennend zu. Es scheint, dass du gut mit Toten kannst, sagte er.

Irgendwann ist er ja selber einer, da kann er schon mal üben, warf Sabine ein und lachte.

Manfred zeigte ihm noch die restlichen Räume. Einen größeren Raum, in dem Trauerfeiern stattfinden konnten, den Gesprächsraum, den er gestern schon gesehen hatte, und das Sarglager, das im Keller untergebracht war. Dort standen etliche Särge aus verschiedenen Hölzern. Es gab Särge aus Fichte, Buche, Esche und Pappel, aus Tannen-, Eichen- und Obstbaumhölzern. Einige waren mit Mahagoniholz furniert, andere lackiert, gebürstet und geölt. Sie hatten vier oder sechs Griffe und die Beschläge waren aus Messing, Nickel, Holz oder gusseisern. Manche waren verziert oder mit Intarsien versehen. Sie alle trugen Namen von deutschen Städten.

Wer will in einem Sarg liegen, der Mannheim heißt?, fragte NC.

Zum Beispiel Menschen, die in Mannheim geboren sind, dort mal gelebt oder sich verliebt haben, die ihre Hochzeitsreise dorthin geführt hat. Viele Menschen haben eine Verbindung zu Mannheim.

Kein Mensch macht eine Hochzeitsreise nach Mannheim, sagte NC.

Wir haben noch das Modell Rom. Manfred zeigte auf den Mahagonisarg.

Das würde übrigens auch zu deinen Aufgaben gehören, sagte er, Särge ausschlagen.

NC schaute auf das Regal, auf dem neben Matratzen weiteres Material lagerte, das gebraucht wurde, um die Särge von einer Holzkiste in eine letzte Ruhestätte zu verwandeln. Er war erstaunt über die Vielzahl der Särge.

Wie viele Leichen habt ihr so im Jahr, wollte er wissen.

Überhaupt keine.

NC schaute irritiert.

Manfred atmete laut aus der Nase. Wieder fing sein kleiner Finger an zu zucken. Unverkennbar schien er enttäuscht zu sein. NC überlegte, was er falsch gemacht hatte. War die Anzahl der Leichen ein Betriebsgeheimnis, für das er sich nicht zu interessieren hatte?

Na ja, ist ja auch nicht so wichtig, geht mich auch nichts an, versuchte er die Situation zu entspannen.

Doch, es ist wichtig, sagte Manfred. Ich dachte, du hättest verstanden, warum ich dir vorhin etwas über Frau Stein erzählt habe?

Ich sollte wissen, wer in dem Sarg liegt. NC sah Manfred fragend an.

Manfred zog die Schultern hoch und presste gleichzeitig die Lippen aufeinander, als wäre die Antwort zwar nicht falsch, aber zu seiner Enttäuschung auch nicht mehr als das Offensichtlichste.

Was passiert, wenn du mir die Hand gibst?, fragte er NC.

Es war keine Frage, auf die er eine Antwort erwartete, NC wusste auch nicht, was er darauf hätte antworten können. Was sollte passieren, wenn er Manfred die Hand gab? Nichts.

Nervenzellen geben Signale an deine Muskeln, fuhr Manfred fort, die bewegen dann deine Gliedmaßen und die tun, was sie tun sollen, in dem Fall: mir die Hand geben. Aber damit ist noch nicht klar, wie du mir die Hand gibst, wie sich das für dich und mich anfühlt. Über das Wie entscheidet die Vorstellung, die du vom Handgeben hast, ob der Händedruck weich oder fest ist. Ganz am Anfang, noch bevor sich die Nervenzellen in Gang setzen, steht das Wort beziehungsweise die Vorstellung des Wortes in deinem Kopf. Und das bestimmt am Ende die Bewegung deiner Gliedmaßen. Von außen ist es nicht unbedingt sichtbar, aber du spürst es und ich spüre es.

Wenn du also eine Leiche wäschst, dann wäschst du kaltes, totes Fleisch, denn nach nichts anderem hört sich das Wort Leiche an. Und dementsprechend wirst du es waschen, mit spitzen Fingern, angewidert, wie etwas, das wertlos ist.

Wenn du Frau Stein wäschst, dann wäschst du Frau Stein. Einen Menschen, der einen Namen trägt so wie du auch. Du wäschst deinesgleichen. Die Arbeit lebt von den Worten, die man ihr gibt oder nicht gibt.

NC war sich nicht sicher, ob er Manfred zustimmen sollte. Wenn die Arbeit sich dadurch definierte, welche Worte man ihr gab, dann galt das auch fürs Leben im Allgemeinen.

Waren Worte nicht viel eher dazu geeignet, die Dinge zu verraten, zu verkomplizieren, ihren eigentlichen Kern zu verschleiern? Warum nannte man die Holzkisten im Keller Sarg und nicht Erdmöbel? Gab man Dingen einen Namen, um sie zu verkaufen oder um ihnen ihre Würde zu lassen? Es war kompliziert. Bei Gelegenheit wollte er darüber nachdenken.

Der Tag im Bestattungsinstitut endete am frühen Nachmittag. War ja nur zur Probe, sagte Manfred. Wenn du die Stelle haben willst, dann hast du sie, und dann sehen wir uns morgen früh um acht.

NC wollte nicht gleich nach Hause. Obwohl der Tag noch nicht auf die Zielgerade eingebogen war, hatte NC ein Ziel erreicht: eine neue Anstellung. Zur Feier des Tages wollte er der Bäckerei einen Besuch abstatten.

Der Himmel hatte die morgendlichen Erwartungen noch übertroffen, er war strahlend blau geworden, nur am Horizont waren ein paar Wolken zu sehen, und es war nicht abzusehen, ob sie näherkommen, hängenbleiben oder verschwinden würden. So war auch NCs Gefühl für den Rest des Tages: Alles war möglich.

Er ging die Holpenstraße entlang, um später in die Blütenallee abzubiegen. Obwohl er die Blütenallee am gestrigen Tag nur wenige Meter entlanggegangen war, beschwingte ihn der Gedanke, sie erneut aufzusuchen. Das Wort erzeugte Bilder und weckte Erwartungen. Er konnte sich nicht dagegen wehren, dass es nach Frühling schmeckte. Aber er wusste, dass die Blütenallee ein Verrat am Wort Frühling sein konnte, dass es nur das Grau der Betonfassaden erträglich machen sollte. Worte waren Dienstleister und keine Wirklichkeit. Sie gaukelten etwas vor, damit die Wirklichkeit besser zu ertragen war. Manfred hatte recht. Es ging um Worte. Das Wort Leiche verschaffte die Distanz, um den Tod zu begreifen. Aber das Wort Leiche war nicht die Wirklichkeit.

Das Wort Lebenstraum war auch keine Wirklichkeit, sondern nur ein Wort, um einen Verrat begehen zu können.

Das Wort Holpenstraße erzeugte keine Bilder und weckte keine Emotionen, es war ehrlich, und vielleicht war es deshalb eine schöne Straße: Sie gab nicht vor, mehr zu sein, als sie war.

Ein Kunde vor ihm kaufte ein Dinkelbrot. NC wartete, bis er draußen war. In den Augen der Verkäuferin meinte NC zu bemerken, dass sie ihn erkannte, aber nicht wusste, wo sie ihn einordnen sollte. NC ärgerte sich darüber. Er hatte gehofft, einen größeren Eindruck hinterlassen zu haben.

Sie hatten mir gestern etwas empfohlen, sagte er, einen Streusel und die Holpenstraße. Erinnern Sie sich?

Ein leichtes Lächeln huschte über ihr Gesicht, aber sofort wurde sie wieder ernst.

In meinem ganzen Leben habe ich noch nie einen so guten Streusel gegessen, und auch die Holpenstraße hat mich schließlich überzeugt.

Das freut mich, sagte sie und lächelte nun etwas entspannter.

Meinen Sie, ich mache einen Fehler, wenn ich heute eine Nussecke nehme?

Sie schüttelte den Kopf. Dennoch zögerte NC und wog bedächtig seinen Kopf, als handle es sich hierbei um eine Entscheidung von großer Tragweite.

Falls es Ihnen leichter fällt, sie zu nehmen, wenn ich Ihnen die Nussecke empfehle, dann empfehle ich sie Ihnen, sagte die Verkäuferin und schmunzelte.

Entgeistert schaute NC Frau März an. Auf einmal erschien sie ihm wie eines dieser Trugbilder, die sich veränderten, wenn man sie aus einem anderen Blickwinkel betrachtete.

Sie wollen mir etwas empfehlen, nur damit es mir leichter fällt, etwas zu kaufen? Seine Stimme war laut geworden.

Die Verkäuferin hob beschwichtigend die Hände. Entschuldigung, sagte sie schnell, so war das nicht gemeint, es sollte ein Witz sein.

Ein Witz? Eine Empfehlung ist doch kein Witz, sagte NC. Er redete wie ein Idiot, und genau so fühlte er sich in dem Moment. Warum regte er sich so auf? Die Verkäuferin gefiel ihm, er mochte ihre Fülligkeit, die sich unter dem weißen Kittel verbarg und die für ihn ein Zeichen war, dass sie gut zu sich war. Er hatte sich über ihre gestrigen Empfehlungen gefreut, die ihm einen neuen Job beschert hatten. Eigentlich hätte er sie am liebsten umarmen und die Reste von Mehlstaub von ihren Haaren pusten wollen, stattdessen echauffierte er sich und benahm sich wie ein Vollidiot.

Die Verkäuferin zuckte mit den Schultern und lächelte schüchtern. Sie fühlte sich sichtlich unwohl.

Also, ich nehm' die Nussecke. Er versuchte seiner Stimme einen versöhnlichen Klang zu geben.

Um die Nussecke einzupacken, musste sich die Verkäuferin zur Seite drehen. NC sah, wie sich ihr Brustkorb hob und senkte, dass sie heftiger atmete, als es das Einpacken der Nussecke erforderte, als es überhaupt irgendein Einpacken erfordern würde. Als sie sich wieder zu ihm drehte und ihm die Tüte reichte, bemerkte er das Wasser in ihren Augen. Er wusste, egal, wie gut die Nussecke schmecken würde, er würde sie nicht mehr essen. Dann legte er zwei Münzen auf die Theke, und ohne auf das Rückgeld zu warten, drehte er sich wortlos um und verließ das Geschäft. In einem kleinen Park am Rande der Innenstadt legte er die Tüte mit der Nussecke auf eine Bank.

Sein Fahrrad hatte einen Platten und er keine Lust, es zu reparieren. Er würde auch morgen mit dem Bus fahren. Kornelia hatte geschrieben.

*Hallo Nies oder von mir auch NC,*
*Deine Frage nach Berufen, vor denen mich ekelt, ist interessant. Anfangs dachte ich, du wolltest vielleicht wissen, wie es mir geht, immerhin ist unser letzter Kontakt fast drei Monate her, aber klar, warum sich mit Nebensächlichkeiten aufhalten? Also: Metzger. Mit jemandem, der mit totem, kaltem Fleisch zu tun hat, könnte ich nicht zusammen sein.*

*Dein neuer Beruf fängt ja mit B an, hat also nichts damit zu tun. Aber warum fragst du? Wir sind nicht mehr zusammen und werden auch nicht wieder zusammenkommen. Verrätst du mir trotzdem, was dein neuer Beruf ist? Bäcker? Briefträger? Bodenleger?*
*Gruß*
*Kornelia*

Sie hat recht, dachte NC. Er hätte wenigstens seine Hoffnung, es möge ihr gut gehen, äußern können. Bei Licht betrachtet war sein Umgang mit Frauen nichts, was man empfehlen könnte. Der einen kamen die Tränen, die andere warf ihm fehlende Sensibilität vor.

Er überlegte, ob er Kornelia antworten und sich entschuldigen sollte. Da ertönte ein Pling, der das Eintreffen einer neuen Mail ankündigte.

*Nies!*
*Das ist nicht dein Ernst, du bist doch nicht etwa …? Mir ging deine Mail nicht aus dem Kopf. Warum solltest du mich fragen, ob es Berufe gibt, vor denen ich mich ekle, und gleichzeitig mitteilen, dass du einen neuen Job hast, der mit B anfängt, wenn es da keinen Zusammenhang geben würde. Ich habe die Verbindung nicht gleich gesehen, vielleicht, weil ich mich ärgerte, dass du dich gar nicht nach mir erkundigt hast. Aber jetzt dachte ich, warum sollte man sich vor einem Bäcker oder einem Briefträger ekeln? Also habe ich gerade Berufe, die mit B anfangen, gegoogelt.*

*Es gibt nur einen einzigen Beruf, der deine Mail erklären kann. Gott im Himmel, das kann nicht dein Ernst sein! Entschuldige, aber tiefer kann man nicht sinken, oder? Hast du jemals im Fernsehen einen Bestatter gesehen, mit dem man befreundet sein will, geschweige denn mehr? Mit so einer blassen, traurigen Gestalt im schlecht sitzenden Anzug, die Menschen vom Asphalt kratzt, erst in Plastiksäcke und dann in diese furchtbaren Metallsärge packt? Schaust du keinen Tatort mehr? Mir wird schlecht bei dem Gedanken, so jemand würde mich anfassen, mir gar die Brüste streicheln, Gott, ich kotz gleich.*

NC schaltete den Computer aus und ging ins Bett.

Kornelias Beschimpfungen ließen ihn seltsam unberührt. Es hätte ihn mehr betrübt, wenn sie traurig gewesen wäre. Vielmehr erstaunte es ihn, dass sie sich so aufregte. Immerhin hatten sie sich vor einer Weile getrennt.

In den nächsten Wochen lernte NC die Arbeit eines Bestatters kennen. Manfred zeigte ihm alles, worauf es in dem Beruf ankam. Er nahm ihn mit zu Abholungen, zeigte ihm, wie man Menschen in einen Sarg einbettet, wie man Verstorbene am besten aus- und ankleidet, ihnen eine Windel anzieht, ohne den Rumpf anheben zu müssen, wie man die Leichenstarre löst, er erklärte ihm, warum und wie man Flüssigkeiten aus Mund und Nase absaugt, wie man Gebisse richtig einsetzt und wie man Herzschrittmacher und Defibrillatoren entfernt, er zeigte ihm, wie bei einer Ligatur der Unterkiefer mit der Nasenscheidewand verbunden wird, so dass der Mund geschlossen bleibt, und sagte, dass er das ungern und nur auf ausdrücklichen Wunsch von Angehörigen mache, weil es ihm so ungehörig vorkomme wie ein Foto zu retuschieren, nur damit es dem Betrachter besser gefalle. Er erklärte, warum sich Augenlider wieder öffnen können, obwohl sie geschlossen waren, und was man unter thanatopraktischen Maßnahmen versteht. Er erläuterte ihm den Verwaltungsakt, den ein Tod bedeutet, zeigte ihm, welche Papiere es braucht, um einen Sterbefall zu beurkunden, aber auf die Frage, warum ein Mensch mit dem Tod verwaltungstechnisch zu einer Sache wird, wusste auch Manfred keine Antwort.

NC wurde schnell deutlich, dass der Tod auch andere Gesichter parat hatte als solch friedliche wie das von Frau Stein. Der Tod kam auf unterschiedlichste Weise zu den Menschen, nicht zu allen war er gnädig. Manchmal senkte er schon bei der Geburt seinen Daumen, oder er zog über Jahre mit einer heimtückischen Krankheit langsam, aber stetig wie ein wachsender Schatten über den Körper, und wenn es so weit war, dass NC mit der Trage kam, sah er eine Frau, deren Kiefer über Jahre hinweg von Mundkrebs zerfressen worden war, und dort, wo ein rundes Kinn einst den Beginn eines schönen Gesichts definiert hatte, klaffte nun ein schwarzes Loch.

Einmal hatte NC einen Jungen abzuholen, der sich vor den Zug geworfen hatte. Es waren nicht alle Körperteile gefunden worden, obwohl man in einem großen Radius gesucht hatte. NC vermutete, dass vielleicht Tiere sie verschleppt hatten. Die Reste des zerfetzten Körpers waren in einer reißfesten und flüssigkeitsundurchlässigen Unfallhülle verpackt. Als NC die Hülle anhob, trieb ihm das geringe Gewicht die Tränen in die Augen. Zum ersten Mal wünschte er sich, dass die Hülle schwerer wäre, so schwer, dass selbst Viktor, der Kasache, sie nicht heben könnte.

Eines Tages wurden Manfred und er zu einem Mehrfamilienhaus gerufen, in dem ein Fäulnisgeruch so stark geworden war, dass er Nachbarn auf den Plan gerufen hatte, die den Geruch nicht einordnen konnten, ihn aber auch nicht länger ertragen wollten. Nachdem niemand in der Wohnung im dritten Stock auf ihr Klingeln und Klopfen reagierte, hatten sie schließlich die Polizei gerufen, um die Tür öffnen zu lassen. Was sie vorfanden, war eine ältere Frau, nackt in ihrem Wohnzimmer auf dem Teppich liegend. Der Verwesungsprozess war so weit fortgeschritten, dass Insekten den toten Körper für sich erobert hatten. Es war ein schrecklicher Anblick. Aber trotz des vielbeinigen Gewimmels auf dem Körper strahlte dieser eine eigenartige Ruhe aus. Wenn es eine Seele gab, dann hatte sie diesen Körper unwiderruflich verlassen. Das, was dort auf dem Teppich lag, war eine zurückgelassene Hülle, und so kam es NC vor, als herrschte ein stillschweigendes Einvernehmen zwischen der schwarz-blau-grün verfärbten Körperhülle und dem schwarzen Krabbelvolk. Es war, als habe der Körper, nachdem er so lange nicht gefunden worden war, sich den Tieren geschenkt, und die Tiere hatten das Geschenk angenommen. Kein Kampf, kein Eroberungsfeldzug. Wer etwas schenkte, beglich keine Schuld, und wer etwas geschenkt bekam, schuldete nichts. Nur so war die Ruhe zu erklären. Es war einfach, und es war gut.

Oft kamen NC die toten Körper, die er abholte, auf eigentümliche Art hilflos und bedürftig vor, wenn sie abgemagert, kraftlos und von Krankheit oder Gewalteinwirkung gezeichnet vor ihm lagen. Und dann schien es ihm, als hörte er ihre Stimmen und sie baten ihn, sie nicht in diesem Zustand zu bestatten. Und tatsächlich meinte er, dass die Körper noch einmal an Kraft gewannen, wenn er sich ihnen zuwandte und sie versorgte. Es war kein letztes Aufbäumen, denn es gab ja nichts mehr zu kämpfen. Es schien ihm mehr ein letztes Leuchten vor dem endgültigen Verglühen zu sein, wie ein Dankeschön oder wie ein Abschiedsgruß kam es ihm vor. Vielleicht an die Seele, dachte NC.

Wenn er allerdings Tote aus Pflegeheimen oder Krankenhäusern abholte und feststellte, dass sie in ihren

Ausscheidungen lagen, weil ihnen keine Windeln angezogen worden waren, dann spürte er einen Zorn in sich hochkochen, den er künstlich weghusten musste, damit er nicht wüste Beschimpfungen gegen das Personal ausstieß.

Und wenn er in die Rechtsmedizin kam und fand, dass der Hals nach der Obduktion nicht ordentlich ausstaffiert worden war, oder er Gewebereste an den Obduktionsnähten vorfand, die er dann mit einem Skalpell abschnitt, damit nichts, was innen sein sollte, außen heraussah, dann hatte er Mühe, seine Wut nicht versehentlich an den Toten auszulassen, wenn er sie in die Trage bettete.

Die wohl erstaunlichste Erfahrung für NC war, dass ihn kein Ekel überkam, egal wie fratzenhaft der Tod sich zeigte. Er musste nicht die Augen verschließen, und was er sah, kehrte nachts nicht wieder. Vielleicht weil das Schreckliche, das Fratzenhafte keine Maske war. Die Toten spielten nichts vor, alles an ihnen war echt und wahrhaftig. Nur auf den ersten, flüchtigen Blick war die Begegnung mit ihnen unheimlich, auf den zweiten sah man in den Gesichtern die Entspannung und nicht selten ein Lächeln. Bei den Lebenden kam es ihm oft umgekehrt vor. Auf den ersten Blick schienen sie freundlich und ehrlich, und erst auf den zweiten Blick erkannte man die Maske, das Falsche, das Verlogene. Ihn störte nicht der Geruch, den die Toten verströmten, und nur wenn der faulige Geruch einer todbringenden Krankheit ungehemmt strömte, dass auch er befürchtete, Brechreiz zu bekommen, tupfte er sich ein paar Tropfen Teebaumöl unter die Nase oder zog einen Mundschutz an, bevor er sich an die Versorgung machte.

Nicht immer war NC mit Manfred unterwegs, oft auch mit Viktor. Viktor war ehemaliger kasachischer Juniorenmeister im Gewichtheben, lebte seit zwanzig Jahren in Deutschland, und nach vielen Jahren als Leiharbeiter bei Zeitarbeitsfirmen arbeitete er nun seit drei Jahren fest angestellt bei Manfred im Bestattungsinstitut. Seine Erfahrungen als Gewichtheber hatten seine Weltanschauung geprägt. Das Leben war für ihn wie eine Hantelstange, die es zu stemmen galt. Und dafür brauchte es nur die Entscheidung, es in die Hand zu nehmen. Über alles Weitere entschied die Kraft, und Kraft war etwas, das man sich aneignen konnte. Der Tod war etwas, das nicht zu stemmen war. Deshalb lehnte Viktor es ab, sich Gedanken über den Tod zu machen. Tot ist tot, sagte er, wenn du stirbst, stirbst du, wenn nicht, dann später. Mehr muss man nicht wissen. Ihm gefiel das deutsche Wort *Kopfzerbrechen*. Für ihn steckte in dem Wort viel Wahrheit: Wenn man zu viel nachdachte, zerbrach man sich den Kopf und starb früher.

NC beneidete ihn manchmal um die Einfachheit seiner Sicht auf die Dinge. Sie schien ihm verantwortlich zu sein für ein schwankungsfreies Gemütsleben. Tatsächlich war Viktor so vollständig gefeit gegen Stimmungsschwankungen, dass man denken konnte, sein Gemüt wäre wie bei einem Kompass eingenordet worden.

Das Einzige, woran er glaubte, waren sein Körper und sein Geist. Das waren für ihn die zwei Dinge, für die jeder Mensch verantwortlich war und die er beeinflussen konnte. Die Erfahrung aus seiner Kindheit und Jugend, dass eiserner Wille und Muskelkraft zum Erfolg führten, war seine Formel fürs Leben: Schaffst du's mit deinem Körper oder nicht? Alles Künstliche, wie Medikamente zum Beispiel, lehnte er ab. Schließlich sei er als Körper auf die Welt gekommen und nicht als Tablette. Medikamente waren für ihn eine Erfindung der Pharmaindustrie, an deren Wirksamkeit er nicht glaubte. Mit Medikamenten bist du in einer Woche gesund, sagte er, und ohne in sieben Tagen.

Im Grunde gab es nur zwei Dinge, die bei ihm für emotionale Ausschläge sorgten. Wenn er nicht genügend zu essen bekam, wurde er wehleidig und fing an zu jammern, dass er unterzuckert sei und so nicht arbeiten könne. Zwar schmierte seine Frau ihm jeden Morgen einen Berg Butterbrote, bei dessen Anblick NC sich fragte, ob sie die tatsächlich alle für ihn geschmiert hatte, oder ob Viktor einfach die für seine Kinder bestimmten Brote mit eingepackt hatte, aber manchmal waren es trotzdem zu wenige, und dann klagte er Sabine sein Leid, bis sie von ihrem Schokoladenvorrat im Schreibtisch ein Stück abbrach und ihm zusteckte mit den Worten *Für meinen großen, starken Kasachen.*

Was für andere Bestatter wiederum ein Grund zum Jammern war, nämlich wenn sie Schwer- und Übergewichtige abzuholen hatten, war für Viktor ein Grund zur Freude. Je schwerer, desto besser. Er trug grundsätzlich am Kopfende, weil das der schwerere Teil des Körpers war. In seinem Herzen war Viktor noch immer Gewichtheber, und Tote waren für ihn Ansammlungen von Kilos, die es zu stemmen galt. Das bedeutete nicht, dass er achtlos mit ihnen umging, im Gegenteil, so wie beim Gewichtheben die Hantel möglichst ruhig über dem Kopf gehalten werden musste, so sah er es als Herausforderung an, den Toten keine Erschütterungen zuzumuten.

Mit Bedauern registrierte er, wenn in Häusern Aufzüge eingebaut waren; lieber war es ihm, die Verstorbenen die Treppen hinunterzutragen. Wenn er dann wieder im Auto saß, zog er ein kleines Notizbuch aus der Hosentasche und trug die Daten ein, Datum, Anzahl der Stufen und Kilogramm.

Einhundertzwanzig Kilo über drei Stockwerke, und dabei nicht zu schwitzen, konnte ihn nachhaltig begeistern.

Obwohl es höchstens eine Sache von zehn Minuten wäre, wollte NC sich nicht dazu aufraffen, sein Fahrrad zu reparieren. Erstens konnte er den Bus nehmen, und zweitens hatte er keine Lust. Schon stand es zwei zu null, und die Sache war entschieden. So fuhr er jeden Tag mit dem Bus. Der Junge nicht. Manchmal fehlte er mehrere Tage, aber wenn er einstieg, hatte NC das Gefühl, als schaute er sofort, ob der Platz neben ihm frei war, und wenn dem so war, setzte er sich neben NC, klemmte seinen Schulranzen zwischen die Beine und grüßte ihn, als wären sie Kumpels oder zumindest schon lange bekannt. Es schien ihn nicht zu bekümmern, dass NC gar nicht oder nur mürrisch auf die Begrüßungen reagierte. *Oje, du hast ja ein wolkiges Gesicht*, sagte er dann oder *Du hast bestimmt schlecht geschlafen, meine*

*Mutter auch*, und dann fing er an, vor sich hin zu summen, oder begann einfach zu erzählen, ohne sich darum zu scheren, ob NC ihm zuhörte oder nicht. NC starrte meistens aus dem Fenster. Er mochte keine Kinder, sie erinnerten ihn an seine eigene Kindheit und an die Hilflosigkeit, die er seinen Eltern gegenüber verspürt hatte. Und dieser Junge verkörperte Hilflosigkeit in besonderem Maße. Die Gruppe von Jugendlichen, die NC schon bei seiner ersten Busfahrt aufgefallen war, drängelte sich jeden Morgen zu ihm, um ihn anzupöbeln und ihm gegen die Schulter zu boxen oder ihm einen Schlag auf den Hinterkopf zu verpassen.

Warum wehrst du dich nicht?, zischte ihm NC einmal genervt zu. Sie nennen dich Spast, schlagen dich, und du lässt das einfach so mit dir machen.

Meine Mutter meint, es ist stärker, wenn ich nichts mache.

NC lachte höhnisch auf. Vielleicht sollte deine Mutter mal neben dir im Bus sitzen, sagte er und schüttelte den Kopf. Aber gut, wenn du den Jesus spielen willst, bitte schön.

Der Junge schaute zu Boden. Außerdem bin ich viel schwächer als die, murmelte er.

NC hatte sich da schon zum Fenster gedreht und den Jungen nicht mehr gehört. Mutter, dachte er verächtlich vor sich hin. Im Fensterglas spiegelte sich der Kopf des Jungen. NC schloss die Augen.

Die Bushaltestelle, an der er aussteigen musste, war in der Blütenallee. Der Name war tatsächlich ein Witz. Bäume gab es nur auf einer Straßenseite, und die, eingepflanzt in drei Quadratmeter große Erdlöcher, waren kümmerliche Dinger, mehr unglückliche Sträucher denn Bäume. Mehr tot denn lebendig. Unwillkürlich erinnerten sie ihn an eine fast neunzigjährige Frau, die er vor zwei Tagen aus einem Krankenhaus abgeholt hatte. Sie hatte eine Herzoperation, die man ihr dringend angeraten hatte, nicht verkraftet und war kurz darauf verstorben. Nicht zu Hause in ihrem Bett, sondern in einem mit Apparaten vollgestopften, blinkenden und piepsenden OP-Saal, nackt auf einer metallenen Bahre liegend, nur mit einem weißen OP-Tuch bedeckt.

Warum so eine Operation?, hatte NC Manfred gefragt, das ist doch scheiße, wenn am Ende ein Skalpell durch den Körper schneidet, statt dass jemand deine Hand hält.

Manfred hatte geseufzt. Viele haben vom Leben nur die Vorstellung, dass es nie zu Ende gehen darf, hatte er gesagt, und dann kommt eben so etwas dabei raus.

NC betrachtete die mickrigen Bäume. Der Name Blütenallee war ein Verrat an der Straße oder die Straße ein Verrat am Namen. Die Bewohner in den umliegenden Häusern könnten sagen: Immerhin Bäume, besser als nichts.

Und wieder wäre es für NC so, dass sich etwas vernünftig anhörte, aber falsch anfühlte.

Noch immer stand der Bus in der Haltebucht und wartete darauf, sich in den Verkehr einfädeln zu können.

In der Ferne sah NC den alten Mann mit dem Hund November entgegenkommen. Immer wieder hatte er die beiden aus dem Bus heraus gesehen und fasziniert beobachtet, mit welcher Gelassenheit sie durch die Straßen spazierten. Vor allem November, der auf drei Beinen lief, als hätte er vier, beeindruckte NC. Der Hund war ein Künstler. Er zeigte etwas, das man nicht für möglich gehalten hätte: krank durch die Welt zu gehen, als wäre man gesund.

Wann immer NC sie an einer Ampel stehen sehen hatte, wartend, dass es Grün wurde, konnte er kaum glauben, dass bei keinem von beiden Unruhe aufkam. Bei seiner ersten Begegnung mit ihnen hatte er es noch für möglich gehalten, dass es sich um einen Zufall handelte, aber je öfter er sie traf, desto mehr war er davon überzeugt, dass sie sich tatsächlich einig waren in ihrem blinden Verständnis füreinander und in der Akzeptanz der Umstände wie zum Beispiel roten Ampeln. Konnte es ein glücklicheres Paar geben? Es schien egal zu sein, ob eine Ampel grün oder rot zeigte, ob es regnete oder die Sonne schien, Mann und Hund liefen durch die Welt und waren sich selbst genug.

Und dennoch gab es das Handicap des fehlenden Beins, und NC bemerkte, dass jetzt ein entscheidender Moment für seine Wahrnehmung des Hundes kam.

Der Hund zögerte nämlich plötzlich, hob seinen Kopf, als witterte er etwas, drehte sich um und lief schnurstracks zu einem der bedauernswerten Bäume. Er wird pinkeln, dachte NC, wenn er zu dem Baum läuft, wird er auch pinkeln, alle Hunde pinkeln an Bäume, und es wäre ein Wunder, wenn dieser Hund nicht pinkeln würde. Andererseits müsste er sich nun in aller Öffentlichkeit offenbaren. Wie pinkelte er mit drei Beinen? Wie würde er mit seiner Behinderung umgehen? Schamhaft oder offen? Konnte sich ein Hund überhaupt schämen? Das eine Bein konnte er nicht heben, und wenn er das andere hob, würde er unweigerlich umfallen. Was bedeutete es für das Selbstverständnis eines Hundes, wenn er das Bein nicht heben konnte? NC wartete gespannt darauf, was jetzt passierte. Der Hund ging zu dem Baum und schnupperte an der Rinde, ging etwas zurück, wohl um die Stelle zu finden, von wo der Geruch seinen Anfang nahm. Dann drehte er sich so, dass er mit dem Hinterteil nah am Baum stand, die Seite, an der das Bein fehlte, zum Baum gerichtet. Er schaute in Richtung NC, als wüsste er, worum es diesem ging. Nun pass auf, was passiert, schien er ihn aufzufordern.

Es passierte nichts, und doch musste etwas passiert sein. Denn plötzlich gab der Hund sich einen kaum merkbaren Ruck und lief, ohne dem Baum weitere Aufmerksamkeit zu schenken, dem alten Mann, der inzwischen einfach weitergelaufen war, hinterher. Er hat gepinkelt, dachte NC, er musste gepinkelt haben, alles andere ergab keinen Sinn. NC fasste sich unwillkürlich an den Kopf. Was hatte er sich für Gedanken darum gemacht, wie der Hund wohl pinkeln würde, und der stellte sich einfach hin und tat es. Warum auch nicht? Warum sollte er sich seinen schönen rotbraunen Kopf darüber zerbrechen, ein Bein zu heben, wenn er gar keines zu heben brauchte. Er richtete sein Glied einfach aus und pinkelte drauflos. Vierbeinige Hunde mussten ja nur deshalb ein Bein heben, weil sie eben vier Beine hatten. Was für ein kluger Hund, dachte NC. Dort, wo es kein Problem gab, machte er auch keines draus.

Als der Hund nur noch wenige Meter entfernt war, beugte sich NC etwas vor und streckte ihm seine Hand entgegen, damit dieser daran schnuppern konnte.

Hallo November, sagte NC.

Der Hund wedelte mit dem Schwanz.

Er erkennt mich, sagte NC freudig zu dem alten Mann, der stehengeblieben war. Oder?, dass er mit dem Schwanz wedelt, heißt doch, dass er mich erkennt?

Woher sollte er Sie kennen? Ich kenne Sie nicht, und ich bezweifle, dass mein Hund Sie kennt.

Ich bin Ihnen schon einmal begegnet, sagte NC.

Aha. Na dann. Er wandte sich zum Gehen.

NC wollte nicht, dass der Mann schon ging, vor allem wollte er nicht, dass der Hund ging. Darf ich ihn mal streicheln?, fragte er.

Der alte Mann kniff die Augen zusammen und zuckte mit den Schultern. Von mir aus.

NC ging in die Knie und fuhr dem Hund durch das feine, rotbraune Fell. Es fühlte sich samtig an. Er kraulte ihn hinter den Ohren. Der Hund wedelte noch immer mit dem Schwanz. NC hörte den Mann geräuschvoll ausatmen. Du bist ein feiner Hund, flüsterte NC und richtete sich auf.

Ich habe gesehen, wie Ihr Hund an den Baum dort hinten gepinkelt hat. Großartig.

Ja, meinen Sie, er hat das gut gemacht?

NC ignorierte den leisen Spott in der Stimme des Mannes.

Mit drei Beinen, als wäre es das Normalste auf der Welt. Toll.

Der Mann schaute NC an, als wäre der nicht ganz bei Trost.

Darf ich Sie fragen, ob November von Anfang an behindert war, also schon mit nur drei Beinen auf die Welt gekommen ist?

Er ist als junger Hund vor ein Auto gelaufen. Das Bein war nicht zu retten.

NC nickte. Wenn man ihn so sieht, könnte man meinen, er sei schon immer behindert gewesen.

November, zischte der Mann. Sofort lief November zu dem Alten und rieb seinen Kopf an dessen Hosenbein, so als wollte er sich für das kurzzeitige Fremdgehen entschuldigen. Wenn wir den Herrn noch mal treffen, machst du ihm eine Freude und pinkelst wieder.

Ohne NC eines weiteren Blickes zu würdigen, setzte er seinen Gang fort, November neben sich. NC blieb stehen. Hatte er tatsächlich gesagt, der Hund wirke schon immer behindert? Er schüttelte verärgert den Kopf. Andererseits, hätte er gesagt, der Hund wirke, als sei er erst seit kurzem behindert, wäre das auch nicht richtig gewesen.

Was er eigentlich hatte sagen wollen, war, dass der Hund wirke, als sei er nicht behindert. Wobei das auch nicht richtig gewesen wäre, denn die Behinderung war ja offensichtlich, für jedermann zu sehen. Man nahm die Behinderung als solche gar nicht wahr. Das war es. So hätte er sich ausdrücken sollen. Wie viele Versuche hatte er jetzt gebraucht, um sich richtig auszudrücken?

Verrückt, dachte er, der Hund hat drei Beine, sein Name November drei Silben und er brauchte drei Versuche, um ihn zu charakterisieren.

Sabine war schon im Büro und schrieb Rechnungen. NC stellte sich vor ihren Schreibtisch und musterte sie.

Ich vermute, du stammst aus kleinen Verhältnissen, sagte er und nickte ihr freundlich zu.

Sabine lächelte gequält. Der hat 'nen Bart, von hier bis zum Ural, sagte sie, ist die Luft bei dir da oben so dünn, dass du so tief in die Mottenkiste greifen musst?

Vor allem frisch ist sie und nicht so abgestanden wie da unten.

Auch nicht viel besser, sagte Sabine und tat so, als ob sie gähnte. Es fehlt dir an Esprit.

Apropos dünne Luft, sagte NC, eigentlich wollte ich dich fragen, ob du am Wochenende mit zum Skifahren kommst? Er machte eine Pause und lächelte Sabine breit an. Aber dann dachte ich, dass das wahrscheinlich doch nichts für dich ist, du kommst ja mit dem Wachsen nicht so gut zurecht.

Sabine prustete los. Sehr gut, geht doch.

Jeder fängt halt klein an, sagte NC und ließ das *n* nachklingen, unsicher, ob er dem Satz noch einen Nachtisch gönnen wollte. Du hörst halt auch so auf, schob er schließlich nach und zwinkerte Sabine zu. Er mochte diese morgendlichen Frotzeleien. Es fühlte sich leicht an, unbeschwert. Die Wörter und Sätze flogen zwischen ihnen hin und her wie Pingpongbälle. Sie mussten nicht auf ihre Bedeutungen abgeklopft werden, oder auf ihre Richtigkeit, sie hatten keine Vergangenheit und keine Zukunft, sie lebten nur im Jetzt, und ob sie anfingen zu leuchten, hing einzig und allein an der Frage, ob sie einen zum Lachen brachten oder nicht. Es ging um nichts und gleichzeitig um alles und nur in dem Moment, in dem die Wörter ausgesprochen wurden.

NC hatte eine Weile gebraucht, um zu verstehen, warum Sabine wollte, dass man über ihre Größe Witze machte. Sie wurde sehr ärgerlich, wenn sie das Gefühl bekam, man bemitleide sie wegen ihrer Kleinwüchsigkeit oder helfe ihr, ohne darum gebeten worden zu sein. Im Grunde war es wie bei November. Wo es kein Problem gab, machte sie auch keines draus.

Als NC einmal gesehen hatte, dass sie Abrechnungen kontrollierte, hatte er einen Aktenordner aus einem oberen Wandschrank gezogen und ihr auf den Tisch gelegt. Da hatte sie ihn mit so deftigen Worten aus dem Büro geschmissen, dass ihm Hören und Sehen vergangen war. Seitdem sagte er: Wenn du Hilfe brauchst, probier's mal mit 'ner Kleinanzeige oder steig auf'n Hocker und sag's mir ins Gesicht.

Obwohl Sabine gern über sich lachte, beschlich NC manchmal das Gefühl, es gehe ihr in erster Linie gar nicht um sich selbst, sondern um das Bestattungsinstitut, um dessen Atmosphäre, um den Umgang mit den Toten und den Tod, darum, dass die Witze über ihre Kleinwüchsigkeit daran erinnern sollten, dass das Bestattungsinstitut kein Ort war, an dem man die Maske der Betroffenheit überziehen musste. Sabine sagte, um trauern zu können, müsse man sich frei und sicher fühlen, und deswegen hatte sie auch darauf bestanden, dass die Räume des Instituts in hellen Farben gestrichen worden waren. Sie betonte immer wieder, dass es für sie nichts Schlimmeres gab als Bestattungsinstitute, in denen man das Gefühl hat, dass man nicht schwarz genug gekleidet ist, dass man zu laut redet, dass man nicht *korrekt* trauert. Sabine wollte ein Bestattungsinstitut, in dem man lachen und weinen durfte. Lachen sei Zauberei, behauptete sie. Denn wer lacht, empfindet keine

Angst, und wenn man keine Angst hat, kann man Dinge sehen, die man zuvor nicht gesehen hat. Lachen könne der Trauer nicht den Schmerz nehmen, aber ihr ein anderes Licht geben.

Wenn Sabine lachte, lachte sie so laut, dass es durch das ganze Institut dröhnte. Ein Angebot an jeden, der diese Räumlichkeiten betrat.

Manfred kam ins Büro: Denkt dran, gleich kommt die Schulklasse. Er warf Sabine und NC einen schnellen Blick zu, schaute dann auf seine Armbanduhr, dann wandte er sich direkt an NC: Du zeigst ihnen zuerst das Sarglager, danach übernehme ich sie.

NC rollte mit den Augen. Er hatte nichts gegen Führungen, es gab fast jede Woche eine Führung, in der einer Gruppe von Alten- und Krankenpflegern, Hospizmitarbeitern und Palliativmedizinern die Räumlichkeiten gezeigt, Wege der Bestattung und der Umgang mit den Toten erläutert wurde. Schulklassen empfand NC als Übel. Die Kinder kamen meist mit großen Erwartungen, gespeist von Zombi- und Horrorfilmen, die sie gesehen hatten, und waren dann enttäuscht, dass sie keine aufgetürmten Knochenberge vorfanden und niemand aussah wie Quasimodo. Dass sie nicht mal einen echten Toten zu Gesicht bekamen.

Kann nicht Viktor das Sarglager zeigen?, fragte NC.

Viktor hat Urlaub. Manfred sah NC streng an. Ich glaube nicht, dass das die richtige Haltung ist, an die Arbeit heranzugehen, sagte er.

Es war eine neunte Klasse. NC erkannte die Jugendlichen, die morgens im Bus seinen jungen Sitznachbarn beleidigten. Er versuchte sich nichts anmerken zu lassen. Die Jugendlichen erkannten ihn ebenfalls, feixten und lachten, ohne sich an seinem Blick zu stören. Auf die Frage der Lehrerin, was los sei, wichen sie aus. Sie lachten noch lauter und informierten hinter vorgehaltener Hand die umstehenden Klassenkameraden. Die Lehrerin sah zu NC und zuckte entschuldigend mit den Schultern. NC ging mit ihnen ins Sarglager und zeigte ihnen die verschiedenen Särge. Er erklärte, welche Holzarten verarbeitet wurden, warum ein Vollholzsarg teurer sein konnte als ein furnierter Sarg, obwohl dieser edler aussah, warum in der Regel ein Fichtenholzsarg für die Kremation ausgesucht wurde und dass es nicht Sargdeckel, sondern Sargoberteil hieß.

Warum?, rief jemand von den Schülern.

NC erklärte es so, wie Manfred es ihm erklärt hatte: Ein Deckel kommt auf einen Topf, und ein Topf ist ein Gefäß, in das man etwas hineinfüllt, aber der Mensch ist kein Gefäß, in das man etwas hineinfüllt. Im Menschen ist schon etwas drin.

NC legte seine Hand aufs Herz.

Die Lehrerin nickte.

Der Jugendliche, der den Jungen im Bus als Spast beschimpfte, rief: Dummes Eso-Geschwätz. Das Herz ist ein Muskel, nichts anderes als ein Muskel.

Seine Kameraden johlten.

Menschen, die herzlos sind, haben stattdessen einen Muskel, das ist richtig, sagte NC.

Was soll denn das heißen?, fragte der Jugendliche.

Ein Mädchen stupste ihn an. Na, dass du kein Herz hast. Stimmt ja auch. Sie lachte.

Der Jugendliche drehte sich zu einem Mitschüler um und flüsterte ihm etwas ins Ohr.

Herr Wege sagte, Sie würden uns noch zeigen, wie so ein Sarg ausgeschlagen wird. Das nennt sich doch ausschlagen, oder?, fragte die Lehrerin.

NC nickte. Er zwängte sich durch eine Gruppe von Jugendlichen, um an die Wand zu kommen, wo die unausgeschlagenen Särge standen. Zwei Mädchen wichen demonstrativ zur Seite, als wollten sie ihm keinesfalls zu nahe kommen. Die Jungen um ihn herum lachten und boxten sich gegenseitig. Einer schlug seinem Nachbarn gegen den Oberarm.

Ich schlag dich auch aus, rief er und schlug gleich ein zweites Mal hinterher, worauf ihn der andere mit den Worten *Hau ab, du Arschloch* wegschubste und er gegen NC rempelte.

Entschuldigung, murmelte er, um sich gleich darauf zu seinen Kumpels umzudrehen und hämisch zu lachen.

Es geht vorüber, dachte NC. Ich zeige, wie man einen Sarg ausschlägt, dann darf sich Manfred mit ihnen rumschlagen. Er nahm den Unterkörper eines Fichtesargs, stellte ihn auf zwei Holzböcke, setzte als Erstes Tragehenkel ein und verschraubte sie von innen. Als Nächstes legte er den Sarg mit einer Folie aus.

Warum die Folie?, wollte jemand wissen.

Verstorbene können noch sehr viel Flüssigkeit verlieren, erklärte NC, und damit es im Fall der Fälle bei der Trauerfeier nicht aus dem Sarg tropft, wird eben eine Folie eingelegt.

Ist das schon mal passiert, also, dass es aus dem Sarg tropft?

Boah, ist das eklig, stell dir das mal vor, warf ein anderes Mädchen ein.

Es ist nicht eklig, sondern menschlich, sagte NC. Es liegen Menschen in den Särgen. Auch ihr irgendwann, fügte er nach einer kurzen Pause hinzu.

Klingt, als würden Sie uns drohen, sagte der Jugendliche ohne Herz.

Lediglich eine Tatsache, sagte NC, irgendwann landet ihr da drin und tropft auf die Folie. Es ist so, als …

Ich denke, die Schüler verstehen, was Sie meinen, unterbrach die Lehrerin. Sie müssen es nicht en détail veranschaulichen.

NC sah, wie der Jugendliche erneut seinem Nachbarn ins Ohr flüsterte. Er nahm eine von den Sargmatratzen und legte sie auf die Folie. Damit sie nicht verrutschen konnte, tackerte er sie zusammen mit der Folie am Holz fest. Als Nächstes befestigte er die weiße, wie ein überdimensioniertes Rüschenhemd aussehende Sargbespannung. Zum Schluss setzte er das Sargoberteil auf den Sarg und nagelte die Sargmanschetten an die Löcher, in die später die Sargschrauben eingedreht wurden. Er nickte der Lehrerin zu.

Das war's, sagte er und wandte sich zur Tür.

Darf ich Sie mal was fragen?, fragte ein Mädchen.

Obwohl es die Frage direkt an NC richtete, antwortete die Lehrerin.

Nur zu, sagte sie erfreut, deshalb sind wir hier.

Macht Ihnen die Arbeit Spaß? Gekicher.

Spaß ist vielleicht nicht das richtige Wort, sagte NC, aber ich mache sie gern.

Der Jugendliche aus dem Bus meldete sich. Die Lehrerin nickte ihm zu.

Sind Sie nekrophil?, wandte er sich an NC.

Was ist denn das für ein blöde Frage. Bist du bescheuert oder was? Das Mädchen, das neben ihm stand, zeigte ihm den Scheibenwischer. Der Junge schnitt eine Grimasse.

Wissen überhaupt alle, was nekrophil bedeutet?, fragte die Lehrerin in die Runde. Gelächter.

Leichen bumsen, rief einer.

Na na, sagte die Lehrerin, das kann man auch anders ausdrücken.

NC sah, wie ein Junge aus Daumen und Zeigefinger einen Kreis bildete und mit dem Zeigefinger der anderen Hand rein und raus fuhr. Dabei legte er den Kopf schief und machte ein Gesicht, als sei er tot. Die um ihn herum lachten.

Es gibt ja Nekrophilie, sagte der Jugendliche, also muss es ja auch Nekrophile geben, oder? Er schaute NC fragend an.

NC sah zur Lehrerin, aber deren Blick hing an einem Kirschbaumsarg. Warum ließ sie so eine Frage zu? NC wollte auf die Frage nicht antworten. Eine Antwort würde die Frage legitimieren, und das wollte er nicht. Also schwieg er. Die Schüler sahen ihn fragend an.

Warum antworten Sie nicht?, fragte der Jugendliche.

NC sah den Jugendlichen scharf an, aber der wich seinem Blick nicht aus. NC wusste nicht, wie er reagieren sollte. Er machte sich lächerlich, wenn er zu erklären versuchte, dass die Frage unverschämt war. Er fühlte, dass ihm nichts anderes übrigblieb, als weiter zu schweigen, obwohl er ahnte, dass sein Schweigen wie ein Eingeständnis wirken musste. Auf seiner Stirn bildeten sich

Schweißperlen. Er fühlte sich gefangen. Einzelne fingen an zu kichern und steckten ihre Köpfe zusammen.

Nein, sagte NC schließlich, aber seine Stimme erschien ihm plötzlich dünn und unbeholfen, als sei ihm das Wort aus Versehen herausgerutscht.

Die Lehrerin sah ihn an und nickte. Vielleicht sollten wir jetzt weitermachen, es gibt ja noch mehr zu sehen, nicht wahr?

NC nickte. Er wusste nicht wohin mit seinen Händen. Unwillkürlich faltete er sie und nahm sie schnell wieder auseinander. Niemand sollte auf die Idee kommen, er würde beten.

Wenn er verheiratet ist, kann er doch nicht nekrophil sein, hörte er ein Mädchen flüstern.

Jemand, der Leichen anfasst, ist doch nicht verheiratet, flüsterte jemand zurück.

NC konnte nicht erkennen, welche Mädchen es waren.

Dann öffnete sich plötzlich die Tür, und Manfred erschien. Die Lehrerin lächelte ihn an. So, weiter geht's, mahnte sie die Truppe und ging als Erste zur Tür.

NC blieb im Sarglager zurück. Niemand hatte sich von ihm verabschiedet, geschweige denn ihm gedankt.

Er war so voller Wut, dass er beschloss, noch ein paar Särge auszuschlagen, um sich abzureagieren. Er nahm den Sarg von den Böcken, stellte ihn beiseite und nahm einen neuen Rohling. In seinem Kopf rotierten die Gedanken. Er fühlte sich gedemütigt. Mehrmals schlug er auf die Matratze, die er in den Sarg legte. Erst als er die Sargbespannung festmachte, fiel ihm auf, dass er vergessen hatte, die Folie einzulegen. Er hatte keine Lust, alles wieder herauszureißen, die Tackernadeln zu lösen und von vorn zu beginnen, also beschloss er, das Missgeschick zu ignorieren. Es war so unwahrscheinlich wie nur irgendetwas, dass Flüssigkeit durch Sargbespannung und Matratze drang.

Während Manfred der Klasse auf dem Parkplatz das Bestattungsauto erklärte, ging NC zu Herrn Eggerling, der in einem der Abschiedsräume in Aspe Birnbaum lag. Herr Eggerling war Schnapsbrenner gewesen und in seinem Sarg lag eine angebrochene Flasche Williams Birne. Es kam öfters vor, dass die Angehörigen den Verstorbenen eine Beigabe mit in den Sarg legten, etwas, das den Verstorbenen zu Lebzeiten wichtig gewesen war: Zigaretten, Bücher, die Lieblingskaffeetasse, Plüschtiere, Modellautos – es gab kaum Dinge in handlicher Größe, die nicht irgendwann in einem Sarg landeten. Bei Herrn Eggerling eine halbvolle Schnapsflasche. NC nahm die Flasche in die Hand, zog den Korken heraus und nahm einen tiefen Schluck. Dann legte er sie wieder zurück zwischen Herrn Eggerlings Hände, rückte sich einen Stuhl an den Sarg, setzte sich und schloss die Augen. Das Lachen der Schüler wurde leiser.

Er mochte die Stille des Abschiedsraums und das Schweigen der Toten. Manchmal suchte er noch nach Feierabend ihre Nähe, um in ihrer Gegenwart seinen Gedanken nachzuhängen. Manfred hatte ihn einmal nach Freunden und Familie gefragt. NC war die Frage unangenehm gewesen, und er hatte geantwortet, dass er Wörtern, die mit F beginnen, grundsätzlich nicht traue. Vom Buchstaben E aus gesehen, fehlt dem F ein Stück, und zwar die Basis, vom G aus gesehen, fehlt ihm der Schwung, und insgesamt betrachtet, ist der Buchstabe nicht ausbalanciert. Im Grunde müsse man sich wundern, dass er überhaupt von alleine stehen kann. Eigentlich müsse er ja immer nach rechts wegkippen. Wenn es so etwas wie Freundschaft gebe, müsse das Wort dafür mit einem T beginnen oder mit einem A, aber keinesfalls mit einem F. Manfred hatte ihn daraufhin mit Fragen zu seinem Privatleben in Ruhe gelassen.

Nach zwanzig Minuten stand NC auf, ging in den Versorgungsraum, nahm sich aus dem Schrank mit den Versorgungsmaterialien eine Einmalzahnbürste, mit der sie sonst die Zähne und Gebisse der Toten schrubbten, ging auf die Toilette und putzte sich dort die Zähne. Anschließend holte er aus dem Werkraum die kleine Gießkanne, füllte sie mit Wasser auf, und unter dem Vorwand, Blumen gießen zu müssen, ging er wieder zu Herrn Eggerling und füllte die Schnapsflasche so weit auf, dass niemand Verdacht schöpfen konnte.

Auf dem Nachhauseweg ging er bei der Bäckerei vorbei. Die Besuche dort hatten sich zu einem fast täglichen Ritual entwickelt. Allerdings hatten er und die Verkäuferin seit dem unglücklichen Besuch kein Wort mehr gewechselt. Sie lächelten sich zu, sobald er den Laden betrat, aber dabei blieb es. Stumm zeigte NC auf die Teigwaren, die er wollte, stumm packte sie diese ein, stumm legte er Geld auf die Theke und stumm bekam er sein Rückgeld. Es war, als hätten beide eine stillschweigende Übereinkunft getroffen, nicht durch ein falsches Wort ein weiteres Missverständnis heraufzubeschwören.

NC glaubte, dass Frau März dieses besondere Verkaufsritual zwischen ihnen gefiel. Zumindest meinte er immer ein leichtes Grinsen um ihre Mundwinkel wahrzunehmen, wenn er seinen Zeigefinger auf die Glasscheibe der Ablage drückte, um auf irgendein süßes Teilchen zu zeigen.

Obwohl es nur kurze Begegnungen waren, merkte NC, dass die Vorfreude darauf ihn durch die Tage begleitete, und dass ihn mittwochs eine leichte Traurigkeit beschlich, wenn er daran dachte, dass die Bäckerei nachmittags geschlossen hatte und er ihr keinen Besuch abstatten konnte. NC fühlte sich zu Frau März hingezogen. Es war nicht ihre Schönheit, die ihn für sie einnahm, sondern das Einverständnis, das ihr Körper ausstrahlte. Sie schien ihren Körper zu mögen, und vielleicht war das der Grund, warum ihre Bewegungen anmutig wirkten und nicht plump, wenn sie süße Teilchen aus der Ablage nahm oder ein Brot aus dem Regal. Das, was sie tat, machte sie mit Liebe, und nie hatte NC das Gefühl, sie wolle eigentlich etwas anderes tun. Es schien keinen Traum zu geben, der ihre Gedankenwelt beanspruchte und sie fortzuziehen suchte. Sie lebte im Moment, und das wirkte auf NC so lustvoll, dass er oft eine Gänsehaut bekam, wenn er sie aus den Augenwinkeln beobachtete, während sie einen Amerikaner oder ein Puddingteilchen einpackte.

Obwohl sie kein Wort miteinander wechselten, bekam NC doch immer eine Empfehlung von ihr. Er zeigte auf das Flammende Herz, und sie packte die daneben liegende Vanillebrezel ein. Es geschah nicht zum ersten

Mal, dass sie daneben griff. NC war überzeugt, dass sie wusste, was sie tat.

Zu Hause fand er drei neue Nachrichten vor. Die erste war von seinem Bruder.
*Mama und Papa machen sich Sorgen um dich.*
Die zweite kam von seinen Eltern.
*Junge, was hören wir da? Sag bitte, dass das nur ein Scherz ist. Wir lieben dich.*
*Mama und Papa.*

Die dritte Nachricht war von Kornelia.
*Lieber Nies,*
*Es gibt immer einen Ausweg, eine Alternative. Sag doch einfach, wenn du Hilfe brauchst. Ich bin bereit, dir zu helfen, und wenn du kurzfristig Geld brauchst …*
*Grüße*
*Kornelia*

NC schaltete den Computer aus. Er legte die Füße auf den Schreibtisch und schaute aus dem Fenster. Es war noch hell draußen, die Tage waren lang. Sorgen wegen eines Berufs, den alle brauchen. Er musste lachen. Dann verschränkte er die Arme hinterm Kopf und schüttelte ungläubig den Kopf.

Am nächsten Morgen zupfte ihn der Junge im Bus am Ärmel. Weißt du, was ich gestern erlebt habe?, fragte er.

Woher soll ich das wissen, ich habe dir nicht hinterherspioniert, sagte NC.

Ich war gestern mit meiner Mutter im Park. Da war

eine Wespe, die hat einen blauen Schmetterling angegriffen. Der Schmetterling wollte fliehen, aber er konnte nicht, die Wespe war schneller, immer wieder hat sie den Schmetterling attackiert, bis der auf den Boden gestürzt ist. Dann erst hat die Wespe von ihm abgelassen und ist weggeflogen.

NC schaute den Jungen fragend an. Warum erzählst du mir die Geschichte? So ist das halt in der Natur. Die Starken gegen die Schwächeren. Fressen und gefressen werden.

Meine Mutter und ich dachten, der Schmetterling ist tot, sagte der Junge. Ich hab' mich auf den Boden gekniet und ihn in meine Hände gelegt. Er faltete seine Hände zusammen, so dass sie einen schützenden Hohlraum bildeten. Siehst du, so.

NC nickte.

Und dann auf einmal fing er in meinen Händen an zu flattern. Ich hab' die Hände so hoch über meinen Kopf gehoben und sie dann geöffnet. Dann ist der Schmetterling rausgeflogen, er flatterte wie verrückt, als würde er zum allerersten Mal fliegen. Ganz nah an meinem Kopf vorbei, als wenn er sich bedanken wollte, und dann flog er weg.

Du weinst ja, sagte NC.

Der Junge lächelte ein bisschen schief und wischte sich die Tränen aus den Augen.

Er war nicht tot, sagte er fast trotzig. Er war nicht tot.

NC sah noch aus den Augenwinkeln die Hand, die einen kurzen Moment später gegen den Hinterkopf des Jungen klatschte.

Na Spast, erzählst hübsche Tiergeschichten? Wie süß.

Der gleiche hämische Tonfall wie gestern im Bestattungsinstitut. NC drehte sich um und sah in das fies grinsende Gesicht des Jugendlichen. Der Junge neben ihm rührte sich nicht, starrte stumm vor sich hin. NC ballte die Faust.

Das interessiert deinen Nachbarn aber nicht, der hat's eher mit den Toten, gell? Ist nämlich ein Leichenwäscher, der Kollege. Er sah NC an. Der Kerl stand inmitten einer Traube von feixenden Jungs, die ihm lachend zustimmten.

Hier stinkt's schon nach Verwesung. Bäh. Riecht ihr's auch? Angewidert verzog er das Gesicht. Seine Kumpel lachten und wedelten mit ihren Händen vor ihren Nasen, als müssten sie sich vor ekligem Geruch schützen. Einer rief: Frag ihn doch mal, ob er nekrophil ist?

Oder pädophil, warf ein anderer ein.

Sie schüttelten sich vor Lachen. NC drehte sich blitzschnell um, warf einen Arm nach vorne, bekam den Anführer der Gruppe am T-Shirt zu packen, zog ihn zu sich und schlug ihm mit der Faust zweimal mit voller Wucht mitten ins Gesicht. Er glaubte, das Knacken der Nase zu hören, auf jeden Fall spürte er, wie die Nase unter seiner Faust brach. Das Blut spritzte wie eine Fontäne aus der Nase, und NC warf den Kerl zurück in die Menge seiner Kumpels. Alles schrie auf einmal wild durcheinander, am lautesten der Junge, dem NC gerade die Nase gebrochen hatte. NC kniete auf seinem Sitz, die Arme in Boxhaltung, bereit für Gegenangriffe. Im Bus waren jetzt alle von ihren Sitzen aufgesprungen, um zu schauen, was los war. Der Jugendliche brüllte und hielt sich die Hände vors Gesicht, jemand rief nach einem Arzt. Schließlich erreichte der Bus die nächste Haltestelle und hielt an. Bevor er die Türen öffnete, eilte der Busfahrer nach hinten und brüllte noch im Laufen verärgert, dass er gleich jemandem gehörig die Ohren lang ziehen werde.

Was ist denn das wieder für eine Schweinerei, stöhnte er, als er den Jugendlichen am Boden und das viele Blut sah.

NC sagte gleich, dass er verantwortlich sei. Aus seiner Stimme klang unverhohlener Stolz.

Seine Nase hat nicht viel ausgehalten, sagte er. Nach zwei Schlägen war sie hin. Er zeigte auf den Jugendlichen, der im Mittelgang auf dem Boden kauerte und Taschentücher vollblutete. NC fixierte ihn und redete nun lauter als nötig. Eigentlich habe er sich auf mehr Schläge eingerichtet und hätte auch gerne öfter zugeschlagen, erklärte er dem Busfahrer. Vielleicht habe er zu gerade geschlagen, wahrscheinlich wäre es besser gewesen, er hätte erst ein bisschen links und rechts der Nase geschlagen, auf die Augen vielleicht, und sich die Nase zum Schluss aufgehoben, aber hinterher sei man ja immer schlauer.

Der Busfahrer rief die Polizei. Die kam kurze Zeit später, ein Polizist nahm NCs Personalien auf und sagte, dass er mit einer Anzeige wegen Körperverletzung rechnen müsse.

Zu einer schweren Körperverletzung hat es nicht gereicht?, fragte NC extra laut, um sicherzugehen, dass der ein paar Meter entfernt stehende Jugendliche, der von einem zweiten Kollegen befragt wurde, es hörte.

Ich denke, Sie halten jetzt besser den Mund, sagte der Polizist.

NC drehte sich zu dem Jugendlichen um, ballte seine Faust und sagte: Es gibt noch Luft nach oben.

NC kam eine halbe Stunde zu spät zur Arbeit.

Was ist passiert?, fragte Sabine erschrocken. Nasenbluten?

Jetzt erst merkte NC, dass sein Hemd blutverschmiert war und wahrscheinlich auch sein Gesicht. Es gefiel ihm, dass die Auseinandersetzung nicht spurlos geblieben war.

Nur eine Kleinigkeit, die hochgespritzt ist, sagte er. Wäre ich so klein wie du, wäre es über mich hinweggegangen.

Hahaha, machte Sabine gequält. Geht es etwas genauer?

Jemand hat größere Töne gespuckt, als es seiner Größe nach angemessen gewesen wäre, sagte NC. Die Tragik von kleinen Menschen. Kennst du wahrscheinlich.

*Du* hast dich geprügelt? Sabine sah ihn zweifelnd an. Nicht unbedingt ein Zeichen von Größe.

Stimmt. Hat trotzdem gutgetan.

Manfred wartet im Versorgungsraum auf dich. Aber zieh dich erst um und wasch dich. Es sind Angehörige dabei.

Manfred stand mit einer Frau und einem Mann zusammen vor dem Versorgungstisch. NC vermutete, dass die beiden Angehörige von Frau Langfeld waren, die er gestern aus der Pathologie abgeholt hatte. NC spürte gleich die angespannte Stimmung im Raum. Niemand drehte sich nach ihm um. Er überlegte, ob er einen Fehler gemacht, irgendetwas vergessen haben könnte. Hatte Frau Langfeld die Nacht über nackt auf dem Versorgungstisch gelegen? Tote Menschen waren ja das Schutzloseste, was es gab, und wenn man vergaß, dem Rechnung zu tragen, konnte Manfred seine präsidiale Contenance schon mal verlieren. NC war zwar gestern nicht mehr dazu gekommen, sie zu versorgen, aber er war sich sicher, dass er Frau Langfeld mit einem Leintuch zugedeckt und Paravents als zusätzlichen Blickschutz vor den Tisch gestellt hatte. Auch den Fußzettel hatte er ihr abgenommen. Daran erinnerte er sich, weil er mehrmals die Daten mit den Daten der Todesbescheinigung verglichen hatte. Es war ihm schier unmöglich erschienen, dass die Frau gerade mal drei Jahre älter als er selbst gewesen sein sollte. Haare hatte sie nur büschelweise an wenigen Stellen des Kopfes gehabt, strähnig und wirr hingen sie ihr zum Teil ins Gesicht. Auf NC hatten die für ihre geringe Zahl viel zu langen Haare furchtbar verzweifelt gewirkt. Er wünschte sich, sie hätte gar keine gehabt. So vermittelten sie ihm den Eindruck eines unfriedlichen Todes. Das Gesicht war eingefallen, und der ganze Körper hatte irgendwie verdorrt gewirkt, als habe er sämtliche Flüssigkeit verloren. Die Knochen stachen hervor, die Haut war schrumpelig und licht wie bei einer Neunzigjährigen.

NC wunderte sich, dass Manfred die Angehörigen mit in den Versorgungsraum genommen und nicht darauf gedrungen hatte, mit einem Besuch zu warten, bis Frau Langfeld versorgt war.

Er räusperte sich. Manfred drehte sich zu ihm um, nickte ihm zu und stellte ihn vor. Der Mann und die Frau stellten sich als Herr Langfeld und Frau Bach vor, Geschwister von Frau Langfeld. Sie gaben NC stumm die Hand.

Auf den ersten Blick wirkten die beiden sehr unterschiedlich. Der Mann trug Anzug, Krawatte und schwarze Lederschuhe, sie dagegen grüne Sandalen, einen kurzen braunen Rock und eine weiße Bluse, die NC wie Second Hand vorkam. An ihrem linken Nasenflügel trug sie ein Piercing, einen kleinen roten Stein, und über der Schulter hing eine alte braune Lederhandtasche.

Frau Bach wollte wissen, wer ihre Schwester abgeholt hat, sagte Manfred zu NC.

Frau Bach nickte. Ich wollte wissen, von wem sie berührt wurde, sagte sie und musterte NC mit durchdringendem Blick.

Für einen Moment glaubte NC, die Frau verdächtigte ihn, die Tote unsittlich berührt zu haben.

Haben Sie meine Schwester mit einem Leintuch abgedeckt und die Paravents aufgestellt?

NC nickte.

Frau Bach streckte NC die Hand entgegen. Ich möchte Ihnen dafür danken, sagte sie und lächelte NC an.

Ja, danke, sagte auch der Mann, aber am Klang seiner Stimme meinte NC herauszuhören, dass er es nicht wirklich ernst meinte.

Frau Bach holte aus ihrer Handtasche ein Foto, das sie NC wortlos entgegenstreckte. Es zeigte eine junge Frau am Strand: im roten Bikini, braungebrannt, lachend und schlank, im Arm ein Surfbrett. Frau Langfeld war nicht wiederzuerkennen. Angesichts der Frau, die nun auf dem metallenen Tisch lag und deren Gesicht im Vergleich zu dem Foto wie eine Fratze wirkte, wusste NC nicht, ob das Foto den Schmerz des Verlustes linderte oder nicht eher verstärkte. Vor zehn Jahren hatte jemand den Auslöser einer Kamera betätigt und damit den Fluch einer nicht verblassenden Erinnerung ausgelöst.

Sie liebte das Meer. Mehr als alles sonst auf der Welt. Frau Bach wandte sich direkt an NC, so als kümmerte sie es gar nicht, dass ihr Bruder und Manfred auch im Raum waren. Mehr als alles sonst auf der Welt, wiederholte sie. Sie hätte sich eine Seebestattung gewünscht.

Frau Bach nahm NC das Foto aus der Hand, und ihm kam es so vor, als berührte sie dabei absichtsvoll seinen Handrücken. NC kam es wie Streicheln vor.

Wenn sie das Meer so geliebt hat, wäre eine Seebestattung sicherlich das Richtige, sagte NC und lächelte ihr zu.

Abrupt drehte sich Herr Langfeld zu ihm um. Er schüttelte den Kopf. Keine Seebestattung. Auf keinen Fall. Dann wandte er sich an seine Schwester. Ich dachte, wir hätten das geklärt, warum musst du jetzt schon wieder damit anfangen?

Frau Bach zuckte unter dem scharfen Ton ihres Bruders zusammen.

NC war erstaunt über den erregten Ton von Herrn Langfeld, aber er verstand jetzt auch die Anspannung, die er beim Betreten des Raums wahrgenommen hatte. Offensichtlich unterschieden sich die zwei nicht nur in Kleidungsfragen.

Was heißt geklärt? Du hast gesagt, dass du das nicht willst, aber das heißt doch nicht, dass es dann auch nicht gemacht wird. Oder?

NC bemerkte, wie der Frau die Tränen in die Augen schossen. Abwechselnd sah sie zu Manfred und NC. NC kam es so vor, als bliebe ihr Blick länger an ihm hängen als an Manfred.

Ich habe dir gesagt, warum das für mich nicht in Frage kommt, sagte Herr Langfeld und machte eine missmutige Handbewegung in die Luft. Warum musst du immer wieder davon anfangen?

Weil ich weiß, dass sie es sich gewünscht hätte, sagte Frau Bach. Und weil es nicht um dich geht, sondern um unsere Schwester.

Na ja, bei der Bezahlung geht es dann schon um mich, nicht wahr?

Immer geht es bei dir nur um das verdammte Geld. Die Wut stieg Frau Bach ins Gesicht. Mit der freien Hand versuchte sie die Tränen aus ihren Augen zu wischen und schmierte die Wimperntusche über ihre Wangen. Mit einem Mal wirkte sie sehr zerbrechlich und NC hätte sie am liebsten in den Arm genommen.

Mit dem verdammten Geld bezahle ich die Bestattung, liebe Schwester. Vielleicht denkst du mal da dran. Du kannst das ja leider nicht bezahlen.

Frau Bach blickte stumm zu Boden. Der Bruder griff nach ihrer Hand. Aber Frau Bach schüttelte ihn unwirsch ab. Sie nahm das Foto und drückte es an ihre Brust.

Sie müssen das nicht hier und jetzt entscheiden. Nehmen Sie sich Zeit, das in Ruhe zu überlegen, und dann lassen Sie uns später noch mal darüber sprechen, sagte Manfred.

Herr Langfeld nickte. Sie haben recht, das ist sicherlich besser so.

Frau Bach möchte bei der Versorgung ihrer Schwester dabei sein, sagte Manfred zu NC. Ich denke, ihr zwei macht das zusammen, und dann können wir in der Zeit ein paar organisatorische Dinge und den Papierkram besprechen. Er sah zu Herrn Langfeld. Der nickte, und zusammen verließen sie den Raum.

NC war mit Frau Bach allein. Es war das erste Mal, dass er mit einer Angehörigen zusammen eine Tote versorgen sollte. Frau Bach gefiel ihm, und er war froh, dass er es mit ihr zu tun hatte und nicht mit ihrem Bruder, der ihn in seinem Auftreten an seinen eigenen Bruder erinnerte. Er überlegte, ob er Frau Bach auf die verschmierte Wimperntusche hinweisen sollte. Er fühlte sich ihr nahe, wenn er sie so verletzlich sah, allerdings befürchtete er, dass sie es ihm später im Stillen vorwerfen würde, wenn er es ihr verschwieg. Deshalb wies er sie doch darauf hin und zeigte ihr die Gästetoilette. Als sie wiederkam und ihm ein Lächeln schenkte, fiel ihm auf, dass sie keinen Ehering trug. Sie hatte einen anderen Nachnamen als ihre Schwester und ihr Bruder. Sie musste also verheiratet oder es zumindest gewesen sein.

NC und Frau Bach standen sich gegenüber, zwischen ihnen der Versorgungstisch mit Frau Langfeld. Behutsam deckte er das Leintuch auf, so dass Frau Langfeld nackt zwischen ihnen lag. NC ahnte, dass es für Frau Bach nicht einfach sein musste, ihre Schwester vor den Augen eines fremden Mannes entblößt liegen zu sehen.

Es hätte ihre Schwester sicher gefreut, wenn sie gewusst hätte, dass Sie sie waschen, sagte NC.

Ich bin mir nicht sicher, sagte sie. Meine Schwester war immer stolz auf ihren Körper, auf ihre Muskeln, ihre straffe Haut. Es wäre ihr unangenehm, dass überhaupt jemand sie so zu Gesicht bekommt.

Es ist immer leicht, einen schönen, starken Körper zu lieben, aber einem toten Körper etwas Gutes zu tun, macht die Liebe irgendwie wahrhaftiger, ehrenvoller.

Frau Bach blickte NC erstaunt an. Wahrhaftiger, wiederholte sie. Das ist schön. Sie lächelte.

NC wusste nicht, wann er das letzte Mal das Gefühl hatte, dass seine Worte ein Echo fanden, dass sie nicht nur entgegengenommen, sondern empfangen wurden. Lustvoll nahm er einen Arm von Frau Langfeld und zeigte Frau Bach, wie man die Leichenstarre löste. Mit einer Hand hielt er den Arm am Oberarm, während er mit der anderen Hand den Arm beugte. Mit jeder Bewegung ein bisschen mehr. Dann nahm er den ganzen Arm und beugte ihn zum Kopf hin, bis er schließlich weich und beweglich wurde. Danach beugte er die Finger und anschließend ein Bein. Frau Bach tat es ihm gleich. Dass NC immer wieder korrigierend eingriff, lag nicht daran, dass Frau Bach irgendetwas falsch machte, sondern dass er beweisen wollte, dass die Toten bei ihm tatsächlich in guten Händen waren. Außerdem genoss er die flüchtigen Berührungen, die sich dadurch ergaben, wenngleich er peinlichst genau darauf achtete, die Berührungen nicht zweideutig wirken zu lassen.

Anschließend wusch er Frau Langfeld die Haare, während Frau Bach mit Seife und Waschlappen den Körper ihrer Schwester säuberte.

Sie ist so furchtbar dünn, so knochig, sagte Frau Bach unvermittelt, zog ihre Hand aus dem Waschlappen und legte ihn beiseite. Sie griff nach der Hand ihrer Schwester, legte sie an ihre Wange und schloss für einen Moment die Augen. NC stellte die Duschbrause aus.

Wir sind an der Nordsee aufgewachsen, fuhr Frau Bach fort. Sie war die jüngste von uns Geschwistern und von klein auf eine Wasserratte. Wenn wir mit unseren Eltern am Strand spazieren gingen, dann folgte sie nicht uns, sondern den Wellen, die am Strand ausliefen. Sie lief ihnen nach, wenn sie sich ins Meer zurückzogen, und rannte ihnen davon, wenn sie sich aufmachten, den Strand zu erobern. Nicht nur zwei, drei Mal, wie das alle kleinen Kinder machen, sondern über Stunden hinweg. Irgendwann überkam einen das Gefühl, als ob nicht sie dem Wasser folgte, sondern das Wasser ihr. Unser Vater sagte immer, sie könne das Meer dirigieren. Und tatsächlich konnte man glauben, sie bestimme den Rhythmus der Wellen, wenn sie mit fuchtelnden Armen durch den Sand rannte. Wahrscheinlich war es doch umgekehrt, aber sicher bin ich mir nicht, lachte sie.

Sie war diejenige, die am schnellsten von uns Geschwistern schwimmen lernte, die sich nach wenigen Versuchen auf dem Surfbrett halten konnte und die wusste, was Luv und Lee bedeuteten, während sie noch lange rechts und links verwechselte. Sie stockte plötzlich und rieb sich die aufkommenden Tränen aus den Augen. Und jetzt –, ihre Stimme kippte. Sie schluckte schwer und fing leise an zu wimmern. NC überlegte, ob er um den Tisch herumgehen und ihr tröstend eine Hand auf den Rücken legen sollte. Er war unsicher. Wie leicht konnte er missverstanden werden. Er wusste um die Legende vom Bestatter als Witwentröster, und er wollte sich nicht selbst verachten müssen. Unversehens fragte er sich, ob ihm nur zufällig aufgefallen war, dass sie keinen Ehering trug oder ob er nicht doch unbewusst darauf geachtet hatte? Er machte einen Schritt vor und wieder zurück und hoffte, dass sie ihn nicht komisch finden würde.

Und jetzt, setzte sie von neuem an, soll ihre Asche nicht dort verstreut werden, wo sie am liebsten war? Sie sah NC fragend an.

Ihr Bruder will bestimmt auch nur das Beste, sagte NC.

Frau Bach schüttelte den Kopf. Meinem Bruder geht es um etwas anderes. Er hat das Meer auch geliebt, war lange ähnlich verrückt danach wie meine Schwester. Keine freie Minute, die er nicht am Wasser verbracht hat. Dann war er mit einem Freund zusammen im Urlaub am Atlantik. Sie waren sechzehn, der erste Urlaub ohne Eltern. Und an einem Tag ist der Freund trotz roter Fahne ins Wasser gegangen. Er warf den Strandwächtern vor, die rote Fahne nur zu hissen, weil sie Pause machen wollten und nicht, weil es zu gefährlich sei, ins Wasser zu gehen. Mein Bruder versuchte noch, ihn aufzuhalten, aber er ging trotzdem. Eine Strömung zog ihn ins offene Meer, mein Bruder sah, wie er zwischen den Wellen verschwand. Drei Tage wurde nach ihm gesucht, ohne Erfolg. Mein Bruder lief Tag und Nacht die Strände ab. Acht Tage später fand er ihn fünf Kilometer entfernt bei Ebbe auf einer Sandbank.

Wieder fing sie an zu schluchzen. Gleichzeitig lächelte sie, als schämte sie sich dafür, verschränkte trotzig ihre Arme vor der Brust und sagte: Seit diesem Tag hasst mein Bruder das Meer. Er verflucht es geradezu. Aber meine Schwester kann nichts dafür. Sie kann doch nichts dafür, dass ein Sechzehnjähriger glaubt, sich beweisen zu müssen, oder? Tränen standen ihr in den Augen, aber sie unternahm keine Anstalten mehr, sie wegzuwischen. Mit verheulten Augen blickte sie NC an.

Es geht meinem Bruder nicht um unsere Schwester, sondern um ihn, um seinen Schmerz und nicht um das, was unsere Schwester sich gewünscht hätte. Es ist egoistisch, und das ist unfair.

NC wusste nichts zu sagen, er nahm ein Handtuch aus dem Regal und knetete es unbeholfen zwischen seinen Händen. Dann trocknete er den Arm, die Hand, die Finger von Frau Langfeld, aber er fühlte sich auf einmal, als würde er etwas tun, von dem er nichts verstand. Wenn er nichts sagte, konnte es kein Echo für seine Worte geben und das warme Gefühl im Herzen würde verschwinden.

Frau Bach hielt stumm die Hand ihrer toten Schwester so fest, dass die Adern auf ihrem Handrücken deutlich hervortraten. NC beschlich das Gefühl, dass nur er diesen Klammergriff lösen könnte.

Wir werden das hinkriegen, sagte er schließlich, aber weil Frau Bach nicht reagierte, vermutete NC, dass er sich vielleicht nicht deutlich genug ausgedrückt hatte.

Das mit der Seebestattung, fügte er hinzu.

Frau Bach zuckte leicht mit den Schultern, als schenkte sie seinen Worten keinen rechten Glauben.

Wie soll das gehen?, murmelte sie. Der Zweifel in ihrer Stimme versetzte NC einen Stich ins Herz.

Versprochen, sagte er. Und noch einmal: Versprochen.

Frau Bach blickte auf. NC nickte ihr zu. In ihre Tränen hatte sich ein Lächeln eingeschlichen. In NC rief es unwillkürlich die Erinnerung an einen Morgen seiner Kindheit wach, als er in den Bergen allein vor einer Berghütte gestanden und erlebt hatte, wie das erste Sonnenlicht den Frühnebel durchbrach. Und genauso wie er damals von dem Spektakel der Morgendämmerung ergriffen gewesen war, und erstaunt über das Gefühl, das es in ihm freigesetzt hatte, nämlich alles schaffen zu können, durchströmte ihn auch jetzt dieses Gefühl angesichts der Zuversicht, die ihm Frau Bach entgegenlächelte.

Haben Sie schon eine Idee?, fragte sie. Sie haben schon eine, nicht wahr? Ich sehe es Ihnen an. Sie lächeln so verschmitzt. Sie warf NC einen verschwörerischen Blick zu.

NC zuckte leicht mit den Schultern.

Sie wollen es noch nicht verraten.

NC schüttelte den Kopf.

Das verstehe ich. Ich vertraue Ihnen. Als ich sah, wie vorsichtig Sie meine Schwester aufdeckten, wusste ich, dass Sie nichts Falsches tun. Sie strich ihrer Schwester über die Wange. Es wird alles gut, sagte sie. Der Mann hilft uns.

NC wurde etwas flau im Magen, als ihm bewusst wurde, welche Erwartungen er geweckt hatte. Tatsächlich hatte er noch keine Ahnung, wie er sein Versprechen einlösen könnte. Er hatte sie trösten wollen, aber ihr Blick, die Freude, die sich darin spiegelte, Teil eines Plans zu sein, der etwas Außergewöhnliches schaffen würde, nämlich die Seebestattung ihrer toten Schwester, bereitete NC nun Unbehagen. Er nahm die Versorgung von Frau Langfeld wieder auf. Er tupfte Mund und

Nase ab, während Frau Bach die Fingernägel säuberte. Danach zogen sie ihr eine frische Windel an. Dann die Kleidung, die Frau Bach und ihr Bruder ausgesucht und mitgebracht hatten: dicke schwarze Wollsocken und das rote Kleid, das sie auf dem Foto trug. Sie waren gerade fertig, als Manfred mit Herrn Langfeld hereinkam. Herr Langfeld schaute lange auf seine tote Schwester. Schließlich fasste er ihren Fuß und bewegte ihn hin und her. Auf NC wirkte es seltsam vertraut, als sei der Fuß der Körperteil, an dem er seiner Schwester am besten nahekommen konnte.

Sie ist dünn, eingefallen, die Haut ganz schrumpelig, die Lippen nur ein dünner, blasser Strich, die Flecken am Hals und am Ohr … sie ist nicht schön. Und doch empfinde ich sie jetzt als schön. Es wirkt so, als sei etwas von ihrer Persönlichkeit zurückgekehrt. Etwas, mit dem man Frieden schließen kann. Vielleicht ist es das, was schön ist.

Manfred nickte. Man muss dem Tod nicht das letzte Bild überlassen.

Frau Bach ergriff die Hand von NC. Das Herz schlug plötzlich in seinen Ohren. Nur mit Mühe konnte er seine Tränen zurückhalten.

Lass uns gehen, sagte Frau Bach schließlich, ließ die Hand von NC los und nickte ihrem Bruder zu. Herr Langfeld drängte sich an Manfred vorbei, ging zum Kopf seiner toten Schwester und drückte ihr einen Kuss auf die Stirn. Frau Bach tat es ihm gleich. Als die beiden gegangen waren, betteten Manfred und NC Frau Langfeld in einen Fichtenholzsarg. Dass sie kremiert werden sollte, war sicher.

Es wird eine kleine Trauerfeier bei uns geben.

Wann?, fragte NC.

In drei Tagen.

Und der Bruder will wirklich keine Seebestattung?

Nein, sagte Manfred, das ist für ihn ausgeschlossen.

Er bezahlt, also bestimmt er?, fragte NC.

So ist es. Eine Seebestattung würde sich für ihn anfühlen, als wenn er seine Schwester umbrächte.

Aber sie ist doch tot, sagte NC, wie soll er sie da umbringen können?

Er meint das natürlich bildlich. Bildlich umbringen.

Frau Langfeld ist tot, sagte NC, sie wird verbrannt, und dann bringt er sie um, wenn ihre Asche auf dem Meer verstreut wird? Was soll das denn für ein Bild von Umbringen sein? Verstehst du das?

Ja, sagte Manfred, ich verstehe das.

Du verstehst das? Und Frau Bach verstehst du nicht?

Doch, die verstehe ich auch.

Aber du willst dich nicht dafür einsetzen, dass Frau Langfeld eine Seebestattung bekommt?

Nein.

Herrgott, warum denn nicht, verdammt noch mal? Frau Langfeld hätte es sich gewünscht. Du hast mir doch selbst gesagt, dass wir auf der Seite der Toten sein müssen, dass wir ihre Fürsprecher sind. Du kannst nicht damit einverstanden sein, dass das Kapital darüber bestimmt, was mit ihr geschehen soll!

Manfred sah NC erstaunt an. Er konnte sich kaum entsinnen, dass NC einmal so viele Worte am Stück gesprochen hatte. Vor allem nicht in diesem erregten Ton.

Es schien ihm zu gefallen, dass NC sich so echauffierte.

Ich habe gesagt, die Toten müssen in uns einen Fürsprecher haben, wenn ihre Würde verletzt wird, nur weil sie nicht mehr atmen. Dann müssen wir ihnen eine Stimme geben, um ihnen zu ihrem Recht zu verhelfen.

Ja, und, was ist mit der Würde von Frau Langfeld?, fragte NC. Sieht mir nicht so aus, als hätte sie in dir einen Fürsprecher.

Manfred musste unwillkürlich lächeln, aber da er NC auf keinen Fall provozieren wollte, verzog er das Gesicht und fing an zu husten. Bei Frau Langfeld liegen die Dinge komplizierter, sagte er schließlich.

NC unterbrach ihn kopfschüttelnd: Jeder soll dort begraben werden, wo er es wünscht. Das ist nicht kompliziert, das ist einfach.

Es geht aber nicht nur darum, dass die Toten ihre Ruhe finden, sondern auch darum, dass die Angehörigen einen Platz haben, an dem sie in Frieden der Toten gedenken können. Das ist für Herrn Langfeld am Meer nicht möglich. Deswegen wird es keine Seebestattung geben, und ich habe dafür Verständnis.

NC wurde klar, dass er nicht mit Manfreds Hilfe rechnen konnte. Aber er hatte Frau Bach sein Versprechen gegeben. Was sollte er tun? Was konnte er tun? Er sah sie vor sich, ihren enttäuschten Blick, wenn er ihr sagte, dass er sich geirrt habe, dass es keine Seebestattung geben würde, solange sich ihr Bruder dagegen sträubte. Er sah die mitleidige Blässe in ihren Augen, die verriet, dass sie ihn für einen dieser Große-Töne-Spucker hielt, der nicht wahrhaben wollte, dass er nur ein einfacher Bestattungshelfer war, der nichts zu sagen hatte. Und sie würde recht haben. Er war der Bestattungshelfer, der den Toten die Windeln anziehen durfte, aber außen vor blieb, wenn es etwas zu entscheiden gab. Er war der kleine Sohn, über dessen Kopf entschieden wurde, der kleine Bruder, dessen Leben im Sinkflug begriffen war.

Es gefällt mir, wie leidenschaftlich du bist, sagte Manfred und blickte NC anerkennend in die Augen, wirklich, allerdings bin ich mir nicht sicher, ob es dir wirklich um Frau Langfeld geht oder nicht eher um Frau Bach. Ich habe die Blicke bemerkt, die du ihr zugeworfen hast.

So ein Quatsch, sagte NC und ging aus dem Versorgungsraum.

Er ging heute nicht bei der Bäckerei vorbei. Er fuhr mit dem Bus nach Hause, obwohl er schon beim Einsteigen merkte, dass die stickige Luft im Bus ihn nicht aus dem Versorgungsraum entließ. Er verspürte Lust, eine Scheibe einzuschlagen oder sonst etwas zu zerstören, aber als für einen Moment das Gesicht des Busfahrers im Innenraumspiegel auftauchte und er erkannte, dass es der gleiche Fahrer wie am Morgen war, wollte er ihm nicht noch mal Ärger machen. Stattdessen drehte er sich zum Fenster, stützte seinen Kopf zwischen die Hände und schaute nach draußen.

Er sah den alten Mann auf einer Parkbank sitzen, den Kopf auf die Brust gesunken, sah es aus, als würde er schlafen. Der Hund lag zwischen seinen Beinen. NC haute ein paar Mal mit der Faust gegen die Scheibe. Aber weder der alte Mann noch der Hund regte sich, und die Scheibe zitterte nicht einmal, sie klang nur dumpf.

Zu Hause wusste er nichts mit sich anzufangen. Er warf sich aufs Bett und versuchte zu schlafen, aber nach ein paar Minuten sprang er wieder auf. Er wollte etwas essen, ging an den Kühlschrank, aber nichts, was er sah, machte ihm Lust. Im Flur fiel ihm der blinkende Anrufbeantworter ins Auge. Sein Bruder hatte eine Nachricht hinterlassen. Er möge bitte zurückrufen. NC rief nicht zurück. Er wettete, dass Bernd ihm auch eine Mail geschrieben hatte. Er gewann die Wette. Er dachte, dass es sinnvoller wäre, sich für die gewonnene Wette zu belohnen, statt die Mail zu lesen.

Er las die Mail.

*Bitte melde dich. Wir machen uns wirklich Sorgen.*

*B.*

Irgendwie war NC enttäuscht über die wenigen Worte. Er fragte sich, ob sie ein Hinweis auf die Größe der Sorgen sein könnten.

Er schrieb zurück. Eine Mail für alle, dachte er und setzte Bernd, seine Eltern und Kornelia als Empfänger ein.

*Hallo, Ihr sorgenvollen Lebenstraumerfüllte,*
*Um mich müsst Ihr euch keine Sorgen machen. Ich lebe meinen Traum. Ich arbeite mit Abraham Lincoln zusammen, und ich halte ihn für echt. Er ist ein Untoter. Früher kämpfte er gegen die Starrköpfigkeit der Südstaaten, heute gegen die Leichenstarre der Toten. Ich helfe ihm, sie wieder geschmeidig zu machen. Eine Kleinwüchsige und ein Kasache sind auch mit von der Partie.*

*Es gibt verdammt viele Tote. Sie kommen von überall her. Aus der ganzen Welt. Unser Arbeitgeber ist sehr demokratisch. Er macht keine Unterschiede zwischen reich und arm, alt oder jung, männlich oder weiblich, schwarz oder weiß, Muslim oder Christ, alles egal. Alle landen sie bei uns. Täglich rieche ich den Duft der weiten Welt. Herrlich. Dafür muss ich nicht mal nach Kanada oder London. Mein Traum ist direkt hier um die Ecke. Demnächst organisiere ich eine Seebestattung. Ein Geheimauftrag, darf niemand von wissen, nicht mal der Bruder der Toten, das wird bestimmt ganz toll. Heute habe ich jemanden zusammengeschlagen, das war auch toll. Der meinte, ich sei nekrophil. Ich denke nicht, dass er recht hat.*

NC
*Executive Funeral Management*
*Operator Worldwide*

Keine zwei Minuten nachdem er die Mail abgeschickt hatte, klingelte das Telefon. Auf dem Display erschien eine lange Zahlenkette. Ein Anruf aus dem Ausland. Sein Bruder. NC ließ das Telefon klingeln. Er ging ans Fenster.

An der gegenüberliegenden Hauswand waren die Eierflecken kaum noch zu erkennen. NC überlegte, sie aufzufrischen, aber es war noch hell, die Tage waren jetzt länger und die Gefahr erwischt zu werden größer.

NC spielte verschiedene Möglichkeiten durch, die Seebestattung zu organisieren, obwohl er im Grunde wusste, dass das ein Ding der Unmöglichkeit war. Die abenteuerlichsten Gedanken spukten ihm im Kopf herum. Ob man die Unterlagen manipulieren könnte? Aber er müsste es mit lauter Blinden und Tauben zu tun haben, wenn er da auch nur den Ansatz einer Chance sehen wollte. Er überlegte, Frau Bach seine Ersparnisse zur Verfügung zu stellen, damit sie die Bestattungskosten übernehmen könnte, jedoch hätte er dafür Ersparnisse haben müssen. Kurz spielte er sogar mit dem Gedanken, seinen Bruder um Geld zu bitten, nur deshalb, um keine noch so absurde Möglichkeit vorschnell abzutun.

Warum hatte er Frau Bach nicht einfach Trost zugesprochen, warum musste er sich wünschen, dass Frau Bach in ihm etwas anderes sah, als bloß einen Bestattungshelfer?

Schmerzlich wurde ihm bewusst, dass er genauso große Töne gespuckt hatte wie der Jugendliche im Bus am Morgen. Die blutige Nase, die er sich holte, war die Verachtung, mit der Frau Bach ihn bestrafen würde. Er musste das verhindern. Ihm blieben noch zwei Tage Zeit.

Am nächsten Morgen saß wieder der Junge neben ihm im Bus. Von dem Jugendlichen, dem er die Nase gebrochen hatte, war nichts zu sehen. Seine Kumpels waren im Bus, vermieden aber jeden Blickkontakt mit NC.

Siehst du, man muss sich nicht alles gefallen lassen, sagte NC zu dem Jungen.

Hm.

So eine Nase lässt sich leicht brechen, das schaffst du auch.

Glaub ich nicht, sagte der Junge.

Es geht so leicht, dass man aufpassen muss, dass man nicht süchtig danach wird. Ich habe gestern zum ersten

Mal jemandem die Nase gebrochen und gleich Gefallen daran gefunden. Jetzt könnte ich schon wieder.

Der Junge schaute ihn von der Seite erschrocken an. Wirklich?

NC lachte über das entsetzte Gesicht des Jungen. Na ja, wenn er noch mal blöd kommt, dann hau ich ihm zusätzlich die Augen blau. NC lachte und auch der Junge grinste jetzt.

Stimmt es, dass du Leichen wäschst?

Ich trockne sie auch ab, sagte NC.

Ich habe noch nie einen Toten gesehen. Wie ist das so?

Ich hab' sie ganz gern, sagte NC.

Er rechnete damit, dass die Antwort den Jungen schockieren würde, aber der sagte: Cool. Die meisten haben vor ihnen Angst, oder?

Ja, sagte NC, viele haben vor den Toten Angst, dabei machen die ja nichts mehr. Angst muss man vor den Lebenden haben, die sind gefährlich.

Der Junge nickte, als habe er die Erfahrung schon zur Genüge gemacht. Ich würde gerne mal einen Toten sehen, sagte er.

Warum?, fragte NC.

Weil ich ja auch mal sterbe.

Die Antwort überraschte NC. Irgendwie kam sie ihm klug vor. Bei Gelegenheit wollte er darüber nachdenken, warum.

Wie heißt du eigentlich?

Marcel, antwortete der Junge.

Nies, sagte NC und reichte dem Jungen die Hand.

Es war das erste Mal seit langer Zeit, dass er seinen eigentlichen Vornamen genannt hatte. Den Rest der Fahrt verbrachten sie schweigend. Als sie an der Bäckerei vorbeifuhren, trommelte NC leicht mit den Fingerkuppen gegen das Fenster. Er sah, wie sich hinter dem Schaufenster etwas Weißes bewegte, und glaubte, dass es der Kittel von Frau März war. Er kannte sie kaum, durch nichts anderes als durch süße Teilchen waren sie miteinander verbunden, und doch fühlte er sich, als hätte er sie betrogen.

Er war froh, dass Mittwoch war, die Bäckerei am Nachmittag geschlossen hatte und er keine Ausrede brauchte.

Gegen elf Uhr rief Frau Bach an. Sabine nahm ab. Manfred, der neben Sabine saß, um sich von ihr Urnenkataloge zeigen zu lassen, streckte die Hand aus, um den Hörer entgegenzunehmen, aber Sabine schüttelte den Kopf.

Sie will ihn sprechen, flüsterte sie und nickte in Richtung NC, der am gegenüberliegenden Schreibtisch die Unterlagen für das Standesamt sortierte.

NC gab sich überrascht, nahm den Hörer und verließ zum Telefonieren das Büro.

Haben Sie schon eine Idee?, fragte Frau Bach.

Es ist kompliziert, sagte NC, es gibt Vorschriften, ich kann mich da nicht einfach darüber hinweg…

Sie machen einen Rückzieher, unterbrach ihn Frau Bach.

NC schwieg. Er wollte *Ja* sagen, zugeben, dass er voreilig gewesen war, dass es ihm leidtue, dass er um Verzeihung bitte. Aber er sagte: Nein, ich mache keinen Rückzieher.

Es hätte mich auch gewundert, wenn ich mich in Ihnen getäuscht hätte, sagte sie. Passt es, wenn ich heute nachmittag zur Sargbemalung komme?

NC brachte nicht mehr als ein kratziges *Ja* heraus, dann legte er auf. Auf seiner Stirn hatte sich ein Schweißfilm gebildet.

Was wollte Frau Bach von dir?, fragte Manfred, als NC zurück ins Büro kam.

Sie kommt später, um den Sarg zu bemalen.

Das hätte sie mir auch sagen können, sagte Sabine. NC zuckte mit den Schultern.

Du bist bleich, sagte Sabine.

Und du schwitzt, sagte Manfred.

NC wich dem Blick Manfreds aus.

Mir ist nicht gut, sagte er und hielt sich die Hände vor den Bauch. Vielleicht was Falsches gegessen.

Manfred nickte, aber NC kam es vor, als schüttelte er den Kopf. Besser du legst dich hin und ruhst dich etwas aus.

Wahrscheinlich hast du recht, sagte NC und ging in den Mitarbeiterraum, der seinen Namen einer Kaffeemaschine, einem Tisch, vier Stühlen, einem Zwei-Platten-Herd und eben einem Sofa verdankte. NC legte sich hin, schloss die Augen und nahm zusätzlich einen Arm über den Kopf. Er hoffte, dass die Dunkelheit ihn müde machen und eine Weile schlafen lassen würde. Aber das Licht in seinem Kopf ging nicht aus. Er schaffte es nicht einmal, es ein wenig zu dimmen. Vielmehr kam es ihm so vor, als brenne es heller denn je. So als sollte jeder noch so kleine Winkel in seinem Kopf ausgeleuchtet werden, um eine mögliche Lösung zu finden.

NC fand keine. Er hatte sich verrannt, das war die Wahrheit. Er wollte Manfred um ein Gespräch bitten und ihm die Situation erklären. Noch war Zeit, die Trauerfeier für Frau Langfeld sollte übermorgen stattfinden.

Geht's besser?, fragte Manfred, als NC ins Büro kam.

NC nickte: Ja, geht.

Dann schlag bitte gleich einen Pappelsarg aus, aber Pappel rustikal, nicht natur. Die Angehörigen von Frau Maikowski haben sich endlich entschieden.

Manfred?, fragte NC.

Was ist?, antwortete der ungeduldig. Es ist eilig, wirklich, sie wollen Frau Maikowski heute noch sehen, und zwar im Sarg.

Ich ...

Ist dir doch noch nicht gut? Willst du zum Arzt? Manfred blickte auf und sah NC fragend an. NC rührte sich nicht. Manfred hob die Augenbrauen, als wollte er ihn ermuntern, endlich mit der Sprache rauszurücken, aber NC sagte: Pappel rustikal, okay.

Während er den Pappelholzsarg auf die Böcke stellte und die Griffe zurechtlegte, fiel sein Blick auf den beiseitegestellten Fichtenholzsarg, in dem er vergessen hatte die Folie einzulegen. Als ihm bewusst wurde, dass er die gesamte Sargbespannung wieder herausreißen und den Sarg komplett neu ausschlagen musste, fing er an zu fluchen. Es war, als hätte sich ein Ventil geöffnet. Plötzlich strömten in einer schier endlosen Reihe alle möglichen Verwünschungen und Schmähungen aus ihm heraus. Er verdammte sämtliche Dinge und Personen, trat dabei gegen Särge, brüllte Schimpfwörter und schlug mit den Fäusten gegen eine Sargmatratze, bis er erschöpft war. Dann stützte er sich mit den Händen auf den Oberschenkeln ab und rang nach Luft. Er hatte das Gefühl, dass es wenig Sachen gab, bei denen man so tief durchatmen konnte wie beim Fluchen. Im Grunde fehlten nur noch ein paar Eier zum Glück, wenngleich er wusste, dass dieses Glück einen Kater der Scham hinter sich herziehen würde.

Und plötzlich erinnerte er sich, wie Frau Bach von ihrer Schwester erzählt hatte, und er sah Frau Langfeld vor sich, wie sie mit fuchtelnden Armen am Strand entlangjagte und die Wellen dirigierte. Dann betrachtete er lange den Sarg. Ein Lächeln huschte über sein Gesicht. Vielleicht war eine Seebestattung doch möglich, dachte er. Aber er würde Hilfe benötigen. Manfred kam nicht in Frage, Sabine ebenso wenig, und Viktor war Kasache. Und Kasache bedeute, unabhängig zu sein, hatte er NC einmal erzählt. NC konnte nicht einschätzen, was Viktor damit meinte. Er konnte sich vorstellen, dass er entweder total korrupt oder total ehrlich war. Vor einiger Zeit hatte er vorgeschlagen, ausrangierte Herzschrittmacher nach Afrika zu verhökern. Mit guten Absichten, wie er versichert hatte, aber NC dachte, um auf so eine Idee zu kommen, müsse man entweder ein großer Menschenfreund sein oder Sinn für ausgefuchste Geschäftspraktiken haben. Bei Viktor hielt er beides für möglich. Blieb nur noch der Junge aus dem Bus. Marcel. NC würde ihn morgen fragen.

Die Stunden bis Frau Bach kommen wollte vergingen wie im Flug. NC war sich jetzt sicher, die Lösung gefunden zu haben. Die Idee in seinem Kopf gebar Bilder, an denen sich NC schier nicht sattsehen konnte. Mit einem Lächeln ging er durch die Räume, schaute, was an Materialien aufgefüllt werden musste, brachte neue Packungen Einmalhandschuhe und Windeln in unterschiedlichen Größen in den Versorgungsraum, bügelte Wachsflecken aus den Tüchern, die für die Trauerfeiern gebraucht wurden, fegte den Eingangsbereich, goss die Blumen, entsorgte die welken, wechselte in den Abschiedsräumen die Kerzen aus, holte Frau Maikowski aus der Kühlzelle, um sie mit Manfred in einen *Pappel rustikal* umzubetten, füllte die Asche von Frau Wagner aus einer Aschekapsel in eine Holzurne, wobei er die Reste, die beim Umschütten am Kapselrand hängenblieben, mit einem Esslöffel herausholte. Und die ganze Zeit über pfiff oder summte er eine bescheidene Anzahl von Melodien, die ihm gerade einfielen, worauf Sabine irgendwann anfing zu schreien, ihren Kopf erschöpft auf den Schreibtisch sinken ließ und sich die Ohren zuhielt. NC registrierte es mit einem Schulterzucken.

Heute Morgen noch so bedrückt, und jetzt strahlst du nur so vor guter Laune, was ist passiert?, fragte Manfred.

Ein *Ach* und eine lässige Handbewegung zeigten, dass es für NC in dieser Hinsicht nichts gab, was einer Rede wert war: Ist doch kein schlechter Tag.

Als Frau Bach kam, hatte NC den Sarg und die Malutensilien bereits im Trauerfeierraum aufgestellt und den Boden um den Sarg herum mit Folie und alten Zeitungen ausgelegt.

Frau Bach zeigte auf den Sarg. Ist meine Schwester jetzt da drin?

Nein, sagte NC, erst, wenn der Sarg bemalt ist.

Er hatte sich vorgenommen, Frau Bach nichts von seiner Idee zu erzählen. Zum einen konnte er nicht sicher sein, dass der Junge ihm tatsächlich helfen würde, zum anderen wollte er Frau Bach überraschen. Der Gedanke an ihr erstauntes Gesicht bei der Trauerfeier und die anerkennenden Blicke, die sie ihm schenken würde, ließen ihn jetzt schon innerlich frohlocken. Dennoch war es unvermeidbar, dass sein Dauerlächeln sie stutzig machte.

Sie wollen immer noch nichts verraten?

NC schüttelte den Kopf.

Aber Sie wissen, wie Sie es anstellen?

NC legte seinen Zeigefinger auf die Lippen.

Frau Bach nickte, dann ging sie auf NC zu und umarmte ihn. Sie müssen es mir nicht verraten, sagte sie lachend. Dann holte sie aus ihrer Tasche das Foto ihrer Schwester und stellte es auf einen Hocker neben dem Sarg. NC ging aus dem Zimmer und schloss hinter sich leise die Tür.

Zwei Stunden später fragte sie NC, ob er mal sehen wolle. Sie hatte die ganze Breite des Sarges ausgenutzt und hauptsächlich eine einzige Farbe gebraucht: Rot. Es war dasselbe Rot wie der Badeanzug, den die Schwester auf dem Foto trug. Frau Bach hatte einen Fisch gemalt. Der Sarg war ein großer roter Fisch. Sein Maul war offen. Es sah aus, als schnappte er nach Luft.

Fehlt nur noch das Wasser, entgegnete Frau Bach und betrachtete NC von der Seite aus, als wollte sie sehen, wie er auf ihre Bemerkung reagierte.

NC bekam eine Gänsehaut bei ihren Worten. Er war sich jetzt sicher, dass er die poetischste Seebestattung organisieren würde, die es jemals gegeben hatte. Frau Bach würde ihn noch mal umarmen und vielleicht auch küssen.

So liegt er schon sehr auf dem Trockenen, sagte er mit Blick auf den Fisch.

Nach der Arbeit ging NC spazieren. Er lief zum Friedhof, um sich dort auf eine Bank zu setzen und für eine Weile die Augen zu schließen. Der Friedhof war ein Ort, der ihn ruhig werden ließ, egal wie aufgeregt er war. NC glaubte schon, dass das mit den vielen Toten zusammenhing, die unter der Erde lagen. Wenn tausende Seelen Ruhe signalisieren, kann ein einzelnes Herz nicht dagegenhalten, ganz gleich, wie schnell es schlug.

Auf dem Weg begegnete er Kornelia. Gerade als er vorbeikam, trat sie aus einer Modeboutique, und um ein Haar wäre er über sie gestolpert. Kornelia wich erschrocken einen Schritt zurück, als sie NC erkannte.

Hallo, Kornelia, sagte NC.

Kornelia starrte ihn an, als stünde ein fremdartiges Wesen aus einer fernen Galaxie vor ihr.

NC reichte ihr die Hand, aber Kornelia bewegte sich nicht. Stumm und wie angewurzelt stand sie vor NC.

Ich hab' sie gewaschen, sagte NC mit Blick auf seine Hand, die er immer noch ausgestreckt hielt. Kornelia machte weiterhin keine Anstalten, sie zu ergreifen.

Sie riecht zwar noch etwas, sagte NC, aber das verflüchtigt sich mit der Zeit.

Du meinst, du hast …?

Na ja, sagte NC, ich muss die Toten ja anfassen, wenn ich sie wasche. Heute war leider sehr viel Flüssigkeit im Spiel. Farblich interessant, so eine Art geschecktes Braun, aber der Geruch war zugegebenermaßen herausfordernd. Dennoch, die Hände sind gewaschen und desinfiziert. Versprochen.

Kornelia schüttelte den Kopf, drehte sich um und rannte weg. NC sah ihr nach, bis sie um die nächste Ecke verschwand. Dann ging er weiter.

Auf dem Friedhof setzte er sich auf eine Bank im Schatten einer Buche. Er wusste nicht, warum, aber es kam ihm schwer vor, auf einer Bank zu sitzen und sich jung zu fühlen. Er meinte, dass es einen Unterschied machte, ob man auf einer Bank saß oder auf einem Stuhl. Er legte sich längs auf die Bank und verschränkte die Arme unterm Kopf. Kornelia würde ihm keine Mails mehr schicken, vermutete er. Er war sich nicht sicher, ob ihn das traurig machte. Eigentlich hatte er bis zuletzt nicht verstanden, was sie miteinander verband. Es war ihm sogar ein Rätsel, wie sie überhaupt zusammengekommen waren, und wahrscheinlich war es kein Zufall, dass seine Erinnerung daran ausgesprochen lückenhaft war. Es war nicht so, dass er nicht in sie verliebt gewesen wäre. Aber ob das einen wirklichen Grund hatte oder nicht doch einem Staunen darüber entsprungen war, dass eine Liebelei überhaupt in Betracht kam, konnte er nicht mehr sagen. Sie waren sehr unterschiedlich, und bei Licht betrachtet kam es NC so vor, als ob die einzige Gemeinsamkeit ihre Unterschiedlichkeit war. Kornelia arbeitete in einer Werbeagentur, entwickelte Konzepte, um neu entwickelte Produkte erfolgreich am Markt zu platzieren, während NC als Hausmeister Ansprechpartner für tropfende Wasserhähne war.

Kornelia liebte es, mehrere Dinge gleichzeitig zu tun, ihr Credo lautete: fünf Sinne für fünf Dinge. Gleichzeitig zu telefonieren, einen Text zu schreiben, Werbefilme der Konkurrenz zu analysieren, Mitarbeiter zu dirigieren und nebenher einen Kaffee zu trinken machte sie zufrieden. NC glaubte, dass es ihr weniger darum ging, Dinge abzuarbeiten, als einen Zustand drohender Überforderung zu erreichen, um sich lebendig zu fühlen. Er selbst bevorzugte es, eins nach dem anderen zu tun, und wenn eins davon mal wegfiel, war es auch nicht schlimm.

Im Grunde hatte NC immer den Verdacht gehabt, dass sie beide füreinander so etwas wie eine seltene Spezies waren, die sie eine Zeitlang näher unter die Lupe hatten nehmen können.

Er seufzte.

Seufzen und Gähnen waren Erwiderungen an das Leben, die er sehr schätzte. Was konnte man nicht alles mit einem Seufzen oder Gähnen ausdrücken, wofür man sonst unendlich viele Worte bräuchte.

Erst als die Luft abkühlte und NC auf der Bank anfing zu frösteln, stand er auf und machte sich auf den Heimweg. Zu Hause überfiel ihn wieder eine Unruhe, die er nicht zu stoppen vermochte. In seinem Kopf schwirrten Bilder der bevorstehenden Trauerfeier für Frau Langfeld herum und fügten sich zu einem blaustichigen Ensemble, aus dessen Zentrum das Gesicht von Frau Bach ihn strahlend anlächelte. Was ihm allerdings Kopfzerbrechen bereitete, war die Sorge, dass der Junge morgen möglicherweise nicht im Bus sitzen würde. Es gab Zeiten, da fehlte er mehrere Tage, manchmal auch eine Woche. Er hatte keine Adresse von ihm, wusste nicht mal, auf welche Schule er ging. Wenn der Junge nicht im Bus saß, hatte er verloren.

Es war bereits halb zwei am Morgen, als NC mit einem Glas Milch in der Hand vor dem offenen Fenster seines Schlafzimmers stand. Auf dem Fensterbrett ein Eierkarton mit drei Eiern, daneben eine Steinschleuder. Er hatte sie vor zwei Tagen auf dem Nachhauseweg in der Auslage eines Spielwarengeschäftes entdeckt. Sie lag gut in der Hand. Immerhin würde er nicht mit Steinen schießen, sagte er sich, nicht auf Vögel zielen, niemanden verletzen, keine Autos zerkratzen. Es ging lediglich um eine Hausfassade. Die Eier stammten aus Käfighaltung. Wer wollte so etwas essen? Im Grunde war es eine Pflicht, sie aus dem Verkehr zu ziehen.

Den Deckel des Kartons hatte er abgerissen, das Licht nicht angeschaltet. Es war dunkel. Auch im Haus gegenüber waren schon seit geraumer Zeit alle Lichter erloschen. Er nahm ein Ei und legte es vorsichtig in den Lederlappen der Steinschleuder. Er schoss drei Eier an die gegenüberliegende Fassade. Es wunderte ihn selbst, aber danach überkam ihn ein Gefühl tiefer Gelassenheit und er fand alsbald in den Schlaf.

Als er am Morgen aus der Haustür trat und im schrägen Licht die Flecken an der Fassade sah, blieb er eine Weile stehen und betrachtete sein Werk der letzten Nacht. Das Eigelb war deutlich weiter gespritzt als bei seinen handgeworfenen Versuchen, das musste an der Wucht des

Aufpralls liegen. Er suchte in seinem Gedächtnis eine physikalische Formel, die das Phänomen erklärte, aber außer den Begriffen Geschwindigkeit und Masse kam ihm nichts in den Sinn. Obwohl ihn angesichts der Flecken eine kindliche Freude ergriff, fühlte er auch eine Scham, die ihn irritierte. Er meinte, dass es mit den Stimmen in seinem Kopf zusammenhing, die er in letzter Zeit öfter vernahm. Es waren Stimmen von Verstorbenen aus dem Bestattungsinstitut, die er hörte. Sie kommentierten sein Handeln, stellten Fragen oder, und das verwunderte ihn am meisten, sie seufzten einfach: Er freute sich über das Eigelb an der Fassade, und Herr Beerenmichel meldete sich aus seinem Lindenholzsarg und seufzte. In NCs Ohren klang es wie eine Frage: *Findest du das echt witzig?* Manchmal auch wie ein Kommentar: *So witzig ist es auch wieder nicht.* Auf jeden Fall führte es dazu, dass sich in NC ein Gefühl der Scham ausbreitete und er unsicher wurde, ob die Eiergeschosse ein adäquates Ausdrucksmittel waren.

Wer macht so was?

NC schreckte auf. Die Stimme war ganz dicht hinter ihm. Sie klang aufgebracht, und NC meinte die Empörung sogar am Atem zu spüren, der ihm an der Wange entlangrauschte. Er drehte sich um. Hinter ihm stand ein älterer Mann, von dem NC nicht genau wusste, ob er zwei Stockwerke über ihm wohnte oder dort nur öfter zu Besuch war.

Wer macht so was?, wiederholte der Mann.

NC zuckte mit den Schultern. Vielleicht sind es Eier aus Käfighaltung?

Eine Schweinerei ist das, sagte der Mann, wenn ich die Drecksau erwische, dann …

Was würden Sie dann machen?, fragte NC.

Den Hals umdrehen natürlich. Der Mann machte mit seinen Händen eine entsprechende Geste und sah NC herausfordernd an, als wollte er sich versichern, dass ein Einvernehmen zwischen ihnen herrschte.

NC hielt seinem Blick stand. Gehen Ihnen die Flecken so nahe?, fragte er.

Der Mann sah NC irritiert an. Na, schauen Sie sich die Schweinerei doch an. Gefällt Ihnen das etwa?

Aber deswegen einen Mord begehen? Ist das nicht etwas übertrieben?

Wollen Sie mich auf den Arm nehmen?, fragte der Mann. Das sagt man halt so, ist eine Redewendung: Jemandem den Hals umdrehen.

Sie meinen das also nicht wörtlich?, fragte NC.

Sind Sie blöd, oder was? Ich bring doch niemanden um.

Sie sagen also etwas, was Sie gar nicht so meinen. Sie verschleiern die Wahrheit. Irgendwie macht Sie das verdächtig, finde ich.

Sagen Sie mal, spinnen Sie? Geht's noch?

Doch, doch, sagte NC, ich werde Sie besser im Auge behalten. Er zog mit dem Zeigefinger das Augenlid herunter. Dann drehte er sich um und machte sich auf den Weg zur Bushaltestelle.

Er war erleichtert, als der Junge als Letzter in einer Reihe von Schülern endlich den Bus betrat, und winkte ihn energisch zu sich. Marcel zeigte keine Regung, kam aber zu ihm, nahm seinen Schulranzen vom Rücken und setzte sich neben NC.

Wie geht's?, fragte NC.

Das hast du mich noch nie gefragt, sagte Marcel und schaute NC erstaunt an.

Dann fang' ich halt heute damit an. Stört's dich?

Marcel schüttelte den Kopf, gab aber auch keine Antwort.

Wenn du keine Antwort gibst, hätte ich mir die Frage auch sparen können, sagte NC.

Okay, sagte Marcel, und NC meinte dem Klang zu vernehmen, dass es eine Antwort auf seine Frage sein sollte.

Also nicht so gut, sagte NC.

Marcel schwieg, und eine Weile saßen sie stumm nebeneinander. Der miefige Geruch des Sitzpolsters zog NC in die Nase. Er versuchte den Gestank zu ignorieren, wenngleich er sich vornahm, bei Gelegenheit darüber nachzudenken, ob der Gestank mit der Stoffqualität der Polster zusammenhing oder ob der Geruchsnebel das Ergebnis menschlicher Ausdünstungen war, die sich über Jahre hinweg in den Stoffen festgesetzt hatten. Jetzt musste er überlegen, wie er dem Jungen sein Anliegen schmackhaft machen könnte. Er hatte nur diese Busfahrt.

Ich wüsste vielleicht was, dass es dir besser geht, sagte er schließlich.

Marcel reagierte nicht.

Eine Überraschung sozusagen, fuhr NC fort.

Was denn?, fragte Marcel ohne den Blick zu heben.

NC beugte sich etwas näher zu Marcel. Ich zeig dir einen Toten. Du hast doch gesagt, du würdest gerne mal einen sehen. Heute würde es gut passen. Ehrlich gesagt, passt es nur heute.

Und wenn das den Toten stört?

Wie kommst du denn jetzt da drauf?, fragte NC.

Im Religionsunterricht haben wir darüber gesprochen, dass man die Toten nicht stören soll, weil sich sonst die Seele nicht vom Körper lösen kann.

Die Seele ist schon weg, sagte NC.

Woher willst du das wissen?, fragte Marcel.

NC stöhnte. Du wirst es sehen. Es gibt Tote, die sind toter als andere Tote, und das bedeutet, dass die Seele weg ist.

Du willst mir einen Toten zeigen, der toter ist als andere Tote?, fragte Marcel irritiert.

Hör zu, sagte NC, wenn du das Gefühl hast, wir stören, dann gehen wir wieder. Okay?

Marcel kratzte sich am Kopf. Okay, sagte er schließlich.

Halb sieben, sagte er.

Um halb acht muss ich zu Hause sein.

Bist du, sagte NC, es dauert nicht lange.

Okay.

Besser, wir treffen uns doch schon um Viertel nach sechs an der Haltestelle Blütenallee.

Okay, sagte Marcel

NC nickte zufrieden. Eins noch, sagte er kurz darauf, es ist vielleicht besser, wenn wir das für uns behalten. Er legte den Zeigefinger auf die Lippen.

Warum?, fragte Marcel.

Herrgottnochmal, willst du mal ein anstrengender Mensch werden, oder warum musst du immerzu Fragen stellen?

Okay.

Okay, was?, fragte NC.

Okay, wir behalten es für uns.

NC drehte sich schnell zum Fenster. Er atmete mehrmals tief durch. Irgendwie hatte er den Jungen gern, aber wenn er ihn noch mal *Okay* sagen hören würde, könnte er nicht dafür garantieren, dass ihm die Bemerkung, die sich inzwischen auf seine Zunge gelegt hatte, nicht herausrutschte.

Marcel fing an zu summen. Als sei ihm das dichte Gedränge um ihn herum im Bus vollkommen gleichgültig, summte er vor sich hin. Es schien ihm keinen Gedanken wert zu sein, ob ihn jemand hörte oder nicht. NC konnte es kaum fassen. Er stupste Marcel an.

Ist es nicht noch ein bisschen früh für Weihnachtslieder?

Unsere Klasse macht im Winter eine Aufführung, antwortete Marcel.

Wir haben noch nicht mal Herbst, sagte NC.

Na und?

NC drehte sich wieder zum Fenster. Die Unschuld des Jungen rührte ihn. Weihnachtslieder im vollbesetzten Bus, im Sommer – und er freute sich! Von einer Sekunde auf die andere spielten die *Okays* keine Rolle mehr. NC sah in der Fensterscheibe den Jungen, wie er ernst vor sich hin schaute, in Gedanken versunken, als versuche er, den Melodien, die er summte, ein Geheimnis abzutrotzen. NC schüttelte ungläubig den Kopf. Der Junge beschämte ihn, und irgendwie war er dankbar dafür. Er wollte ihn beschützen. Niemand sollte diesem Jungen jemals wehtun. Und wenn das nächste Mal jemand kam, der ihm auf den Kopf schlug oder ihn als Spast bezeichnete, dann würde er für mehr als eine gebrochene Nase sorgen.

Draußen lief der Hund November. NC schaute zweimal hin, weil er den alten Mann nicht entdecken konnte. Aber es war ein brauner Hund mit drei Beinen, das Fell ein bisschen struppig. November.

NC stupste Marcel an und zeigte mit dem Finger nach draußen: Siehst du den Hund dort?

Er hat nur drei Beine, sagte Marcel.

Ja, aber er läuft, als hätte er vier. Er heißt November. Wie der Monat.

Ihm fehlt ein Bein, dafür hat er dreißig Tage.

NC drehte sich erstaunt zu ihm um. Du hast recht, er ist gar kein armer Hund. Er hat dreißig Tage, nicht nur drei Silben und drei Beine. NC lachte.

Marcel schaute misstrauisch. Ist das jetzt wieder Ironie?, fragte er.

Nein, nein, sagte NC, keine Ironie, ich meine das vollkommen ernst. Am liebsten hätte er Marcel gesagt, wie sehr ihm gefiel, dass er alles ernst meinte, was er sagte und tat. Ob er nun Weihnachtslieder im Bus summte oder einem dreibeinigen Hund die Armut nahm.

Manfred wartete mit einem neuen Auftrag. NC sollte mit Viktor zusammen eine Frau aus dem Krankenhaus abholen, die in der Nacht zuvor verstorben war.

Das Krankenhaus lag im Nordwesten der Stadt. NC fuhr, während Viktor auf dem Beifahrersitz mit einer Arztpraxis wegen einer unvollständig ausgefüllten Todesbescheinigung telefonierte. NC entnahm seinen

Worten, dass Viktor mit einer Sprechstundenhilfe sprach, die sich weigerte, den Arzt aus einer Besprechung zu rufen, weil sie nicht einsah, dass Viktor den Zahlendreher, der sich ins Geburtsdatum geschlichen hatte, nicht selbst verbessern konnte. Viktor versuchte ihr zu erklären, dass es Urkundenfälschung sei, wenn er das täte, aber er konnte sich nicht verständlich machen. Er gestikulierte wie ein Verkäufer auf einem türkischen Basar, redete sich in Rage, verschluckte Silben, so dass Wörter, die durch seinen Akzent sowieso härter klangen, sich nun auch noch grob und abgeschlagen anhörten. Die Sprechstundenhilfe blieb hart. Es wunderte NC nicht. Viktor redete von Verboten, Gefahren und Gefängnis, das ihm drohte, und natürlich musste sich das anhören, als wäre er nicht ganz bei Sinnen.

Schließlich brüllte Viktor einen kasachischen Fluch in sein Handy.

NC blickte starr auf die Straße. Er wusste, dass sich der Zorn Viktors so schnell verflüchtigte, wie er sich aufbaute, da brauchte es keine kommentierenden Bemerkungen.

Die Straßen der Stadt waren NC mittlerweile so vertraut, dass er nicht mehr überlegen musste, welche Strecke er am besten nahm, um irgendwo hinzukommen. Er wusste, wo Baustellen waren, wo Geschwindigkeitskontrollen stattfanden und wann er welches Tempo fahren musste, um die Grünphasen der Ampeln ausnutzen zu können.

Seine Fahrten durch die Stadt glichen einer inneren Reise durch die letzten Monate im Bestattungsinstitut.

Viele Straßenzüge verband er mit Abholungen von Verstorbenen, und wenn er mit dem Bestattungsfahrzeug durch die Stadt fuhr, dann schoben sich immer wieder einzelne Gesichter vor sein inneres Auge, und manchmal kam es ihm so vor, als verschwömmen die Straßen vor seinen Augen und statt auf Asphalt fuhr er Lebensgeschichten entlang. Die Stadt war für ihn zu einem Panoptikum des Lebens geworden. Und er war sein Beobachter. Manchmal wünschte er sich, selber dazuzugehören.

NC parkte das Auto an einem Hintereingang. Von dort hatten sie Zugang zum Lastenaufzug. Viktor sah starr zu Boden, während sie auf den Aufzug warteten, und NC atmete intuitiv tief durch, als wüsste er, dass ihm in den nächsten zwanzig Minuten die Luft knapp werden würde.

Sie fuhren mit dem Lastenaufzug nach unten ins Kellergeschoss. NC kannte kein Krankenhaus, in dem die Toten nicht in den Keller gebracht wurden. Er vermutete, dass das daran lag, dass im Krankenhaus der Tod als Versagen angesehen wurde, als ein Scheitern der medizinischen Kunst, und deshalb die Toten in die letztmögliche Ecke verschoben wurden. Dorthin, wo sie nicht störten.

Wenn es nach NC ginge, würden die Toten im mittleren Stockwerk untergebracht werden. So würde jeder einmal bei ihnen vorbeikommen, die auf dem Weg nach oben und die auf dem Weg nach unten. Wenn man dem Tod öfter begegnet, kann man vielleicht leichter *Hallo* sagen, wenn er einen irgendwann selbst besuchen kommt.

Der Abschiedsraum befand sich am hinteren Ende eines langen Ganges. An der Decke hingen Neonröhren, zwei flackerten und signalisierten so, dass sie bald aufgeben würden. Die Trage zwischen sich, gingen Viktor und NC schweigend den Gang entlang. Ein Pfleger, der einen vergitterten Lastenwagen mit einem Berg voll Wäschesäcke vor sich herschob, kam ihnen entgegen und zwang sie, in einen offenen Raum auszuweichen, in dem alte Computer, Drucker und andere elektronische Geräte abgestellt waren. Ein Teil des Ganges fungierte als Lager für Toilettenpapier, dutzende Packungen lagen über eine Länge von mindestens zehn Metern zu hohen Türmen aufeinandergestapelt. An den Wänden zeugten schwarze Schleifspuren von Wäschewagen und Krankenbetten, die dort entlanggeschrammt waren, an manchen Stellen bröckelte der Putz. Viktor und NC sprachen kein Wort miteinander. Als wären sie eingehüllt in lautlose Traurigkeit angesichts der Umgebung.

Der Abschiedsraum war Teil eines großen Kühl- und Lagerraums und durch einen Vorhang abgetrennt. In der Mitte ein Bett, in dem offensichtlich ein Mensch lag, allerdings gänzlich zugedeckt mit einem Leintuch. Hinter dem Bett wachte ein Jesus an einem Kreuz, das fast die ganze Breite der Wand einnahm. Neben dem Bett stand ein Plastiktisch mit einer gehäkelten Tischdecke, darauf eine schmale Vase mit einer Plastikblume. An der Decke hingen wie auf den Gängen große Neonröhren. NC schaltete das Licht an. Ein Fenster gab es nicht. Auch wenn die Seele kein Fenster braucht, um fortzufliegen, wäre es schön, sie würde eines vorfinden, dachte NC.

Viktor schaute nach einem Namenszettel, fand aber keinen, nicht mal am Bett klebte ein Patientenzettel. NC lupfte am Kopfende die Bettdecke. Ein Männergesicht kam zum Vorschein.

Das ist sie jedenfalls nicht, sagte Viktor.

NC zog die Bettdecke wieder über den Kopf.

Vielleicht doch in der Kühlzelle, vermutete Viktor.

NC nickte und zog den Vorhang beiseite.

Die Frau lag tatsächlich in der Kühlzelle. Viktor überprüfte den Fußzettel und nickte NC zu. Sie betteten die Frau in die Trage und verließen dann das Krankenhaus so schweigsam, wie sie es betreten hatten.

Es war fünf Uhr. NC hatte noch eine gute Stunde bis zum Treffen mit Marcel. Er vertrieb sich die Zeit mit einem Spaziergang. Ein leichter Wind blies, NC schlug den Kragen seines Mantels hoch und den Weg Richtung Bäckerei ein. Er spürte eine leise Sehnsucht nach der Verkäuferin. Nach der Wärme, die sie ausstrahlte, und nach dem krummen Weg ihrer Kommunikation, die ihn geradewegs ins Herz traf. In ihrer Nähe fühlte er sich auf eine elektrisierende Art lebendig. Tatsächlich bekam er oft eine Gänsehaut, wenn sie ihn anlächelte und mit dieser beiläufigen Eleganz, die Menschen eigen ist, die mit sich einverstanden sind, in die Ablage griff, um ein Teilchen zu nehmen, auf das er nicht gezeigt hatte.

Plötzlich aber zögerte er, verlangsamte seinen Schritt und blieb schließlich stehen. Vielleicht sollte er doch lieber eine andere Richtung einschlagen. Sehnsucht war eine gefährliche Sache, dachte er. Im Grunde war sie einem Kremationsofen nicht unähnlich. Beide verbrannten einen, wenn man sich ihnen zu sehr hingab.

Er dachte an Frau Bach. Sie löste andere Gefühle in ihm aus als Frau März. Bei der war es eine Art Loyalität, die ihn mit ihr verband. Ein Zusammenstehen gegen die Brüder, gegen die Zahlenmenschen, gegen die Macht des Kapitals. Es war weniger ihre Art, die ihn für sie einnahm, als die Position, die sie vertrat. Er wusste um ihre Rolle und um die Kämpfe, die sie ausfechten musste. NC wollte ihr beistehen und dafür anerkannt werden, von ihr gespiegelt bekommen, dass er mehr war als ein bloßer Sargträger. Und ja, er wünschte sich von ihr auch einen Blick, der ihm verriet, dass sie ihn attraktiv und begehrenswert fand.

Es gibt ein Recht auf Verbrennen, dachte NC. Dennoch nahm er nicht den direkten Weg zur Bäckerei. In der Hoffnung auf eine glanzvolle Seebestattung von Frau Langfeld und im wohligen Gefühl der Vorfreude auf Frau März in der Bäckerei ließ er sich durch die Straßen treiben. Ein Lächeln lag auf seinen Gesichtszügen, es gab nichts, was ihn aufregte. Weder die grelle Werbung, mit der ihn Geschäfte zu locken versuchten, noch der Verkehr, der laut und hektisch hetzte, noch lackschuhtragende Männer, die gestenreich nebenhereilenden Frauen die Welt erklärten, und schon gar nicht Namen von Straßen, die nicht das einlösten, was sie versprachen.

Es war zwanzig vor sechs, als er die Bäckerei betrat, zurückzuckte und wieder hinausging. Er lief ein paar Schritte die Straße entlang, bevor er stehenblieb und sich an eine Hauswand lehnte. Hinter der Theke hatte nicht

Frau März gestanden. Einen Moment wartete er, dann ging er wieder zurück und betrat die Bäckerei erneut.

Also doch, sagte die junge Frau hinter der Theke und grinste NC frech an. Sie quetschte eine kleine Kaugummiblase zwischen ihren Lippen hervor. NC glaubte, dass sie noch keine zwanzig war. Sie trug einen Ring als Nasenpiercing, und ihre schwarzen Haare waren auf der rechten Kopfseite gänzlich abrasiert.

Was meinen Sie mit also doch?, fragte NC.

Na, dass Sie wiedergekommen sind. Erst rein, dann raus, dann wieder rein. Sie wollen also doch etwas.

Ich suche Frau März, sagte NC.

Hier ist sie nicht.

Das sehe ich, sonst wären Sie ja nicht hier. Aber vielleicht könnten Sie mir zwischen zwei Kaugummiblasen sagen, wo sie ist.

Sie hat sich ein paar Tage freigenommen.

Kommt sie wieder?, fragte NC.

Verstehen Sie unter ein paar Tagen etwas anderes als ein paar Tage?, fragte die Verkäuferin zurück.

NC drehte sich wortlos um und verließ den Laden.

Obwohl er sich nur kurze Zeit in der Bäckerei aufgehalten hatte, überkam ihn das Gefühl, der Wind habe aufgefrischt. Ihm war kalt, und er vergrub seine Hände in den Taschen. Er kickte einen auf dem Gehweg liegenden Kiesel über die Straße und sah ihm nach, wie er zweimal hochsprang und dann zwischen den vorbeifahrenden Autos auf die andere Straßenseite rollte. Die Sicherheit des Schlenderns war NC abhandengekommen. Seine Bewegungen kamen ihm mit einem Mal staksig und unbeholfen vor. Es war fünf vor sechs, und er hatte noch zwanzig Minuten, bis er sich mit Marcel traf. Was, wenn Marcel sich nicht an die Verabredung hielt oder ihm etwas dazwischengekommen war? Er fühlte sich auf einmal sehr einsam. Zudem wich die Gewissheit, dass sein Vorhaben richtig war, der Besorgnis, sich Bildern hingegeben zu haben, die der Realität nicht standhalten konnten.

NC sah Marcel schon von weitem an der Bushaltetelle stehen. Er trug einen blauen Anorak. Unruhig trippelte er mit seinen Füßen, als wäre ihm kalt oder das Warten lästig. Neben Marcel stand sein Schulranzen, was NC verwundert registrierte. Er konnte sich nicht vorstellen, dass er zwischen Schulschluss und jetzt nicht zu Hause gewesen war. NC stand auf der gegenüberliegenden Straßenseite und wartete ungeduldig, dass die Ampel auf Grün sprang. Das Trippeln des Jungen gab ihm das Gefühl, sich verspätet zu haben. Er winkte, um den Jungen auf sich aufmerksam zu machen. Marcel hob zaghaft die Hand, als er erkannte, wer dort auf der anderen Straßenseite stand. NC lächelte. Es machte ihn auf eine eigentümliche Art glücklich, dass sein Winken erwidert worden war. Im Grunde wird viel zu wenig gewunken, dachte er. Er nahm sich vor, bei Gelegenheit eine Liste zu erstellen von Dingen, die zu viel gemacht wurden, und Dingen, die zu wenig gemacht wurden. In dem Moment, da er darüber nachdachte, wurde ihm bewusst, dass es noch eine dritte Liste bräuchte, nämlich von Dingen, die man gar nicht oft genug tun konnte. Winken gehörte auf alle Fälle dazu. Wenn es einen Grund gab, mit Kornelia noch mal Kontakt aufzunehmen, dann den, sich zu entschuldigen, dass er ihr nie zugewunken hatte.

Marcel hob den Schulranzen hoch, setzte ihn auf und lief NC entgegen, als die Ampel auf Grün sprang. Sie gaben sich ernsthaft die Hand, wie zwei Menschen, denen die Bedeutung ihres Treffens bewusst war. Der Größenunterschied zwischen ihnen war nicht zu übersehen, und gerade deshalb war NC daran gelegen, Marcel auf Augenhöhe zu begrüßen.

Warum hast du deinen Schulranzen dabei?, fragte NC.

Tarnung, antwortete Marcel.

Wir gehen in ein Bestattungsinstitut. Um dich dort zu tarnen, müsstest du dich tot stellen. Aber es gibt keinen Grund für eine Tarnung. Außer uns zwei kann dort keiner mehr sehen.

Ich habe meiner Mutter gesagt, dass ich mich mit einem Freund zum Lernen treffe, sagte Marcel.

NC lachte. Ah, verstehe. Gute Idee.

Na ja, geht so. Meine Mutter weiß eigentlich, dass ich keine Freunde habe.

Und da ist sie nicht misstrauisch geworden?

Ich glaube, sie hofft, es hätte sich etwas geändert.

NC nickte. Schweigend bogen sie in die Holpenstraße ein.

Siehst du da vorne das Schild, da ist es, sagte NC. Er hatte das Gefühl, dass Marcel langsamer ging als noch vor wenigen Minuten. Alle paar Meter musste er seine Schritte bremsen, um dem Jungen nicht vorauszueilen.

Wenn du doch nicht willst, dann sag es ruhig.

Schon okay, sagte der Junge, aber seiner Stimme hörte man den Druck an, den er seinen Worten mitgab.

Wir machen wirklich nichts Schlimmes, sagte NC und legte seinen Arm um die Schulter des Jungen. Es war eine unbeholfene Bewegung, die eher einem Klaps denn einer tröstenden Geste gleichkam. Er versuchte seine Ungeschicklichkeit zu retten, indem er hinzufügte: Komm, ich nehm dir deinen Schulranzen ab.

Marcel schüttelte den Kopf.

Vor ihnen lag das Bestattungsinstitut. Von der Eingangstür drang ein warmer Lichtstrahl auf den Hof, ansonsten war alles dunkel. NC atmete erleichtert auf, Manfred und Sabine waren gegangen. Das Licht im Eingangsbereich brannte Tag und Nacht, und in diesem Moment war NC besonders froh darüber, denn er spürte die Anspannung Marcels.

Ich habe nicht lange Zeit, sagte Marcel und schaute auf die Uhr.

Es dauert nicht lange, sagte NC und schloss die Tür auf. Als er den Schlüssel wieder in die Tasche gesteckt hatte, ergriff Marcel seine Hand. Sie war schweißnass.

Ich, ich weiß nicht, ob ich das kann. Zwischen den einzelnen Wörtern machte er größere Pausen, er atmete schwer, kämpfte gegen die Tränen, die seine Worte verschlucken wollten.

NC beugte sich zu Marcel. Er nahm seinen Kopf zwischen seine Hände und schaute ihm direkt in die Augen: Na klar kannst du das. Ich hab' dich gefragt, weil ich weiß, dass du das kannst.

Marcel schüttelte den Kopf. Das glaub' ich nicht, sagte er leise, wenn du Freunde hättest, hättest du die gefragt.

Vielleicht habe ich ja einen gefragt, sagte NC, löste sich von Marcel, ging einige Schritte in den Flur und schaltete das Licht an. Obwohl das Bestattungsinstitut jetzt hell erstrahlte, war sich NC bewusst darüber, dass es für Marcel dunkel blieb. Zwar konnte der jetzt den langen Flur sehen, die Garderobe hinter der Eingangstür und die vom Flur abgehenden Türen, aber natürlich wusste Marcel, dass er wegen etwas hier war, das sich hinter diesen Türen verbarg. Und was das war, davon hatte er keine Ahnung, aber trotzdem Bilder im Kopf. Und bei Türen eines Bestattungsinstitutes rechnet man mit dem Schlimmsten, weil in Fernsehkrimis die Kommissare immer ein angewidertes Gesicht machen, wenn sie einen Toten sehen und den Angehörigen nachdrücklich abraten, sich diesem Anblick auszusetzen. NC musste den Bildern in Marcels Kopf etwas entgegensetzen. Und er durfte nicht zu lange damit warten. Es reichte nicht, darauf zu hoffen, dass die hellen und warmen Farben, in denen nicht nur der Flur, sondern auch die Räume gestrichen waren, Marcel seine Beklommenheit nehmen würden. Er drehte sich um. Marcel stand noch immer an der Türschwelle. Er hielt die Hände ineinandergefaltet und seine Beine zitterten.

Hey, rief NC, man könnte fast meinen, du hättest Angst. Du solltest Schauspieler werden.

Marcel versuchte zu lächeln, aber seine Beine hörten nicht auf zu zittern.

NC ging auf ihn zu und fing an zu summen. *Stille Nacht, heilige Nacht.* Das hatte Marcel im Bus gesummt.

Stille Nacht kann man im Bestattungsinstitut ganzjährig summen, sagte NC und lachte. Passt immer.

Er summte, bis sie die Tür zum Versorgungsraum erreichten. Frau Langfeld lag in der Kühlzelle. NC zog den offenen Sarg heraus und stellte ihn dann mittig auf einen Sargroller, auf dem er sicher stand und nicht kippen konnte. Marcel lehnte an der Wand und schaute angestrengt zur Seite.

Wenn du willst, decke ich sie zu, sagte NC.

Marcel schüttelte den Kopf.

Wir geben ihr einen anderen Sarg, das ist alles, sagte NC.

Du musst mich nicht anlügen, sagte Marcel. Ich weiß, dass es um etwas anderes geht.

NC schwieg und stellte den bemalten Sarg, in dem keine Folie eingelegt war, auf einen zweiten Sargroller. Marcel warf hin und wieder einen kurzen verschämten Blick auf Frau Langfeld. Sie hat ein Tattoo hinter ihrem Ohrläppchen, sagte NC, du musst dich ein bisschen verrenken, aber dann kannst du es sehen.

Tatsächlich bückte sich Marcel ein bisschen, legte seinen Kopf schief, traute sich aber nicht, näher zum Sarg hinzugehen.

Es ist versteckt wie ein Schatz, das gefällt mir, sagte NC.

Wie hast du es entdeckt?, fragte Marcel. Du hast doch nicht danach gesucht, oder?

Ich suche bei jedem Toten etwas, das ich schön finde, antwortete NC.

Warum?, fragte Marcel. Seine Stimme verriet, dass er das seltsam fand.

Warum ich bei ihnen nach etwas Schönem suche? NC sah Marcel lange an. Er spürte das plötzliche Misstrauen des Jungen und obwohl Marcel nichts sagte, hörte NC ihn fragen, ob er nekrophil sei.

Damit ich sie nicht so angucke wie du, sagte er scharf. So voller Angst und Ekel, als wären sie Abfall.

Marcel schaute zu Boden.

Eine Weile standen sie einander gegenüber, zwischen ihnen die tote Frau Langfeld, und keiner von beiden sprach ein Wort.

Ich will jetzt doch lieber gehen, sagte Marcel schließlich.

NC schwieg. Dann nickte er. Gut, wenn es dir lieber ist, gehen wir wieder, sagte er, ich dachte, du könntest verstehen, warum das wichtig ist, was wir hier machen, nachdem du mir die Geschichte von der Wespe und dem Schmetterling erzählt hast. Aber egal, gehen wir.

Was hat das hier mit der Wespe und dem Schmetterling zu tun?, fragte Marcel.

Du hast erzählt, dass die Wespe den Schmetterling angegriffen hat und er reglos zu Boden sank. Und dann kamst du, hast deine Hände um ihn geschlossen, und in deinen Händen fing er wieder an zu flattern.

Und?, fragte Marcel.

Frau Langfeld geht es wie dem Schmetterling. Jemand versucht zu verhindern, dass sie dort hinkommt, wo sie hinwill. Und jetzt braucht sie jemanden, der ihr hilft, so wie du dem Schmetterling geholfen hast.

Marcel schwieg. Mit seinem rechten Fuß malte er kleine Kreise auf den Boden. Dann sah er zu Frau Langfeld und plötzlich fragte er: Warum hat sie Wollsocken an?

Niemand will kalte Füße haben, antwortete NC, während er einen Kissenbezug füllte und in den noch leeren Sarg legte.

Aber sie friert doch nicht mehr, oder?

Ich glaube nicht.

Die Socken passen überhaupt nicht zum Kleid.

Ich glaube, Wollsocken sind ein Zeichen von Liebe, da ist es egal, ob sie zum Kleid passen.

Warum ein Zeichen von Liebe?, fragte Marcel.

Weil viele glauben, dass Tote nicht frieren, sich aber eben nicht *hundertprozentig* sicher sind, gehen sie lieber auf Nummer sicher und ziehen den Toten Wollsocken an. Das ist entweder Liebe oder bescheuert.

Wenn ich sterbe, will ich auch Wollsocken, sagte Marcel.

Wir legen Frau Langfeld jetzt ein Leintuch unter den Körper und betten sie damit in den anderen Sarg, sagte NC und reichte Marcel Einmalhandschuhe.

Marcel wischte seine schweißnassen Hände an der Hose trocken, aber weil seine Hände zitterten, musste NC ihm helfen, die Handschuhe anzuziehen. Dann zeigte er ihm, wie er Frau Langfeld anfassen und zur Seite drehen sollte, so dass er das Leintuch unter ihrem Körper platzieren konnte. Traust du dir das zu?

Ja, sagte Marcel. Seine Stimme klang rau und belegt. Er räusperte sich und wiederholte: Ja. Klar.

NC nahm ein Leintuch aus dem Regal, packte es längsseitig an den Enden, raffte es zur Hälfte zusammen, nickte Marcel zu, worauf der Frau Langfeld an Hüfte und Handgelenk fasste und ein Stück zu sich drehte. Plötzlich gluckerte es, und ein fauliger Geruch entwich ihrem Mund.

Marcel würgte, drehte blitzschnell seinen Kopf in die andere Richtung und atmete in den Ärmel seines Pullovers.

NC zog erschrocken Luft durch die Zähne. Stopp, nicht weiterdrehen, rief er.

Marcel schloss die Augen.

Mit einem schnellen Blick stellte NC erleichtert fest, dass keine Flüssigkeit aus dem Mund gelaufen war.

Was soll ich machen?, fragte Marcel hektisch. Schnell, ich kann nicht mehr.

Halten, sagte NC, genau so halten.

Rasch legte er das Leintuch zur Hälfte unter den Körper und gab Marcel ein Signal, Frau Langfeld langsam hinabzulassen. Dann nahm er den anderen Arm von Frau Langfeld, fasste ihre Hüfte und drehte sie vorsichtig zu sich, so dass Marcel die andere Hälfte des Leintuchs nun auf seiner Seite ausbreiten konnte. Seine Hände zitterten und er atmete schnell.

Gut gemacht, sagte NC, als das Leintuch unter Frau Langfeld lag.

Marcel versuchte zu lächeln. Es geriet zu einer schiefen Grimasse.

Atme langsamer, sagte NC, nicht so schnell, schau, so. NC atmete langsam ein und aus und wartete, bis Marcel in seinen Rhythmus einfiel. Dann rollte er den bemalten Sarg neben den Sarg von Frau Langfeld.

Jetzt heben wir sie rüber, sagte er und bat Marcel, sich an das Fußende des Sargs zu stellen. Er selbst stellte sich an das Kopfende, packte das Leintuch an den Ecken, zog es straff und wies Marcel an, es ihm gleichzutun.

Ich zähle bis drei, dann ziehst du das Leintuch richtig straff und zu dir hin. So heben wir sie in den anderen Sarg, okay?

Was ist, wenn sie runterfällt?

Sie fällt nicht runter. Du musst das Leintuch nur fest halten und stramm ziehen, dann kann nichts passieren. Okay?

Marcel nickte. NC zählte bis drei, dann zogen sie beide das Leintuch straff zu sich und hoben Frau Langfeld wie in einer Hängematte in den neuen Sarg.

NC lachte befreit auf und ging zu Marcel, um ihn abzuklatschen. Der schaffte es gerade noch, die Hand hüfthoch zu heben, dann sprang sein Mund auf, als wollte er schreien, aber er blieb stumm, und wie in Zeitlupe knickten seine Beine ein und er sank zu Boden.

O verdammt, nein. NC sprang zu ihm, griff ihn unter den Achseln und zog ihn zur Wand. Er kniete sich vor ihn und flüsterte: Alles wird gut, hörst du, das hast du super gemacht.

Marcel sah NC geradewegs ins Gesicht, aber NC kam es so vor, als ginge sein Blick durch ihn hindurch. In seinen Augen standen Tränen.

Ich … es … ich bin zu schwach, stammelte er.

Schwach? Was redest du für einen Blödsinn. Ohne dich hätte ich es nicht geschafft.

NC stand auf, holte ein Glas Wasser, reichte es Marcel und setzte sich neben ihn. Marcel winkelte seine Beine an und umschloss sie mit den Armen. NC streckte seine Beine lang aus und legte seine Hände in den Schoß.

Ich weiß nicht, ob das richtig war, sagte Marcel leise. Vielleicht wollte sie das gar nicht.

Aber ich weiß es, sagte NC. Ich weiß es. Sie wollte das.

Marcel schwieg.

NC sah die zwei Särge nebeneinander, das geöffnete Maul des roten Fischs, er spürte den Boden, wenn er mit den Fingern darüberstrich, und doch kam ihm alles auf einmal so unwirklich vor, dass er sich nicht sicher war, ob er nicht doch träumte. Frau Langfeld war umgebettet, er würde seinen Plan für die Trauerfeier umsetzen können, im Grunde war alles gut. Er wünschte sich bloß, jemand würde es ihm sagen.

Eine Weile saßen sie noch schweigend nebeneinander, bis Marcel sagte: Ich muss nach Hause.

Ich bring dich, sagte NC und sprang auf.

Marcels Schwäche war verflogen. Er lief jetzt immer zwei, drei Schritte voraus, als wollte er möglichst rasch nach Hause oder so schnell es ging das Bestattungsinstitut hinter sich lassen.

Er wohnte im Brückenweg. NC kannte die Straße vom Namen, war sie aber noch nie entlanggegangen. Marcel wohnte im Haus Nummer acht, im dritten Stock eines Mehrfamilienhauses. Die Fenster waren dunkel, aber NC hatte das Gefühl, dass jemand sie beobachtete. Er schaute auf die Uhr. Es war nach neun.

Bekommst du Ärger?, fragte NC.

Marcel zuckte mit den Schultern.

NC streckte ihm die Hand entgegen. Vielen Dank für deine Hilfe.

Kein Problem, antwortete Marcel.

NC sah ihn erstaunt an.

War Ironie, grinste Marcel.

NC schüttelte den Kopf. Das war keine Ironie, das war gelogen. Ironisch wäre gewesen, wenn du gesagt hättest, dass es dir Spaß gemacht hat. Du musst die Dinge ernst nehmen, bevor du sie ironisch behandelst.

Gute Nacht. Marcel drehte sich um und rannte zur Haustür.

NC wartete, bis er im Hauseingang verschwunden war, dann drehte auch er sich um und ging nach Hause.

An seiner Haustür klebte ein Zettel. NC drückte den Lichtschalter, um ihn lesen zu können.

*In letzter Zeit ist unsere Hauswand häufiger mit Eiern beschmiert worden. Die Taten haben immer nachts stattgefunden. Für Hinweise auf den oder die Täter gibt es eine Belohnung. Bitte melden bei …*

Es folgten ein Name und eine Telefonnummer.

Das Wort *Eier* war fett gedruckt und unterstrichen. NC wunderte sich. Es kam ihm so vor, als regte sich der Nachbar weniger darüber auf, dass die Hauswand überhaupt beschmutzt worden war, als dass das mit *Eiern* geschehen war. Er nahm sich vor, das nächste Mal Tomaten zu schießen. Wässrige, nach nichts schmeckende Tomaten aus Holland. Erst dann konnte man sicher feststellen, ob die Beschwerde das Produkt oder die Tat betraf.

In seinem Posteingang fanden sich keine neuen Nachrichten. NC überlegte einen Moment, selbst jemandem zu schreiben. Er fühlte sich allein und sehnte sich nach dem Gefühl, mit einem Menschen verbunden zu sein, irgendwo dazuzugehören. Marcel hatte ihm auf den Kopf zugesagt, dass er keine Freunde habe. Er hatte recht. NC glaubte nicht an Freundschaft. Er glaubte an Enttäuschung, an das Ausatmen, das Seufzen.

Er schrieb eine Mail an Kornelia.

*Hallo Kornelia,*
NC löschte das *Hallo* und schrieb:
*Ach Kornelia,*

*Leider waren wir uns nie so nahe, dass eine Anrede mit einem Seufzer hätte beginnen können. Ich bedaure das. Ich fühle mich dir nahe, wenn ich schreibe: Ach Kornelia. Das wollte ich dir nur mitteilen.*

*Nies*

Er schaltete den Computer aus und starrte eine Weile auf den schwarzen Monitor, in dem sich sein Gesicht spiegelte. Die Welt, in der ein schwarzer Monitor nur noch ironisch verstanden werden würde, war nicht weit entfernt. Er hoffte, dass Marcel nie verstehen würde, was Ironie bedeutete.

NC konnte nicht schlafen. Immer wieder spielte er in Gedanken den Ablauf der morgigen Trauerfeier durch, überlegte, ob er an alles gedacht hatte und malte sich Bilder seines Triumphs aus. Um fünf Uhr saß er fertig angekleidet in der Küche und sehnte das erste Licht des Tages herbei. Gleichzeitig wünschte er sich nichts sehnlicher, als dass er schon vorbei wäre.

Marcel saß nicht im Bus. Dafür sah er November durch das Fenster. Die Vorderbeine eingerollt, lag er auf der Parkbank wie ein Obdachloser, der versucht, sich warm zu halten.

Etliche Menschen, die vorübereilten, blieben kurz stehen, schauten verwundert um sich, offensichtlich, weil sie keinen Besitzer des Hundes ausmachen konnten, und gingen dann kopfschüttelnd weiter. Einige wenige beugten sich vorsichtig über den Hund, als wollten sie schauen, ob er noch am Leben sei. Manche streckten vorsichtig die Hand aus, als überlegten sie, den Hund zu streicheln, zogen sie dann aber zurück, als wollten sie es jemandem mit mehr Erfahrung überlassen, die Gutmütigkeit des Hundes zu testen. Vielleicht knurrte der Hund auch, das konnte NC aus der Ferne nicht wissen. Auch NC konnte den alten Mann nicht entdecken. Er überlegte, ob er ihn als vermisst melden sollte.

Die Trauerfeier für Frau Langfeld war auf vierzehn Uhr anberaumt.

Es wurden viele Gäste erwartet, NC bestuhlte den Trauerfeierraum für sechzig Personen. Für mehr Stühle war kein Platz. Gegen elf Uhr brachte NC den Sarg von Frau Langfeld auf einem Katafalk in den Raum. Unter dem Sarg hatte er ein großes goldfarbenes Tuch aus Samt ausgebreitet. Die vier Sargschrauben hatte er absichtlich noch nicht eingedreht, jeweils zu zweit lagerten sie in seinen hinteren Hosentaschen. Anschließend brachte er zwei Gießkannen, die er zuvor befüllt hatte, in den Raum und verbarg sie hinter dem Kopfende des Sargs. Links und rechts des Sargs stellte er zwei Sandschalen für ein Teelichtritual auf. Die Trauergäste konnten darin vor Beginn der Feier ein Teelicht einstellen im Gedenken an die verstorbene Frau Langfeld. Dann überprüfte er, ob die Musikanlage funktionierte und die richtige CD eingelegt war. Es sollten drei Lieder gespielt werden: *Surfin' USA* von den Beach Boys, *Bridge over troubled water* von Simon and Garfunkel und das *Air* von Bach.

Links neben dem Sarg stellte er eine Staffelei mit dem Foto von Frau Langfeld auf. Sie hatten dasjenige, das sie lachend am Strand mit dem Surfbrett unterm Arm zeigt, vergrößern und einrahmen lassen. Dann baute er das Rednerpult auf, und für den Fall, dass so viele Menschen kamen, dass Manfred mit seiner Stimme nicht durchdringen sollte, schloss er noch ein Mikrofon an. Frau Langfeld war aus der Kirche ausgetreten, und so würde Manfred die Trauerrede halten. NC schaltete das Mikro ein, sprach ein paar Sätze laut und leise hinein und wartete, dass Manfred kam. Der Soundcheck des Mikros galt als Zeichen, dass der Raum fertig eingerichtet war, und tatsächlich kam Manfred kurz darauf herein. Er ließ seinen Blick durch den Raum schweifen, rückte ein, zwei Stühle zurecht und nickte zufrieden.

Die Sargschrauben fehlen noch.

Ich weiß, sagte NC, mach ich gleich.

Hast du gut ausgewählt, das goldene Katafalktuch, sagte er und klopfte NC anerkennend auf die Schulter.

Es zeigt, dass der Fisch auf dem Trockenen liegt, dass er Wasser braucht, sagte NC.

Von mir aus, murmelte Manfred, auf jeden Fall passt es farblich gut.

Manfred zog die Tür hinter sich zu, und NC atmete erleichtert auf. Er wusste, dass er nun allein sein würde, bis die ersten Gäste kamen. NC hob das Sargoberteil an, nahm die erste Gießkanne und goss das Wasser am Fußende in den Sarg. Dann nahm er die zweite und leerte auch sie. So ist es richtig, dachte NC:

Der Fisch kommt wieder ins Wasser, Frau Langfeld steht mit den Füßen im Meer, und die Wellen würden über den Strand laufen. Das Bild auf der Staffelei würde noch einmal Wirklichkeit werden. Eine Seebestattung, die einem Wunder glich. Eine Auferstehung im Bestattungsinstitut Wege. Nicht Bestattungshelfer, dachte NC, sondern Meister. Wieder Meister, aber diesmal ein meisterlicher Meister.

Lächelnd drehte NC die Sargschrauben ein, dann strich er zärtlich mit der Hand über den Sarg.

Herr Langfeld und seine Schwester kamen gegen halb zwei. NC zündete gerade die Kerzen an. Während Herr Langfeld Reservierungskarten für die Verwandten auf die Stühle in der ersten Reihe legte, lächelte NC Frau Bach zu. Sie hob fragend die Augenbrauen, als verstünde sie nicht, was es zu lächeln gab. NC nickte mehrmals, als wollte er bestätigen, dass alles seinen Gang gehe und sie sich keine Sorgen machen müsse. Frau Bach zeigte keine Regung, die erkennen ließ, dass sie verstand, was er meinte. NC formte mit seinen Lippen ein lautloses *Alles okay*, aber schließlich machte er eine wegwerfende Handbewegung, die begrifflich machen sollte, dass sie nichts zu verstehen brauche, alles würde sich von selbst erklären.

Der Raum füllte sich bis auf den letzten Platz. NC verteilte Teelichter. Er empfand die Atmosphäre als seltsam angespannt, als hätte die Unstimmigkeit zwischen den Geschwistern sich auch auf die Gäste übertragen.

NC stellte sich an die hintere Wand neben die Musikanlage, die er bedienen sollte. Er starrte auf den roten Fisch, der noch auf dem trockenen Strand lag, und hoffte, dass er das Wasser nicht zu spät eingefüllt hatte. Er selbst hatte auch einen ganz trockenen Mund. In der ersten Reihe entdeckte er den schmalen Rücken von

Frau Bach. In kurzen Abständen zuckte der, als würde sie von Heulattacken geschüttelt. Neben Frau Bach saß unbeweglich ihr Bruder Herr Langfeld.

Manfred trug einen grauen Anzug, ein weißes Hemd und graue Krawatte. Mit seinem Backenbart wirkte er auf NC wieder wie der auferstandene Abraham Lincoln, und seine sonore Stimme verstärkte den präsidialen Eindruck noch. Nachdem er die Trauergäste begrüßt hatte, sprach er allgemein über die Bedeutung des Wassers, dass das Wasser eine lebensspendende Kraft habe:

*Es löscht unseren Durst und reinigt unsere Körper. Kein Leben gäbe es auf dieser Welt ohne Wasser. Nichts ist in größerem Ausmaß auf unserem Planeten vorhanden als Wasser. Die Meere, Sammelbecken des Wassers, verbinden Kontinente miteinander und gleichzeitig trennen sie sie voneinander. Was aber sind sie dann? Verbindungen oder Hindernisse? Schon immer kam es darauf an, wie der Mensch das Meer betrachtet. Als etwas, das es zu überwinden gilt, oder als etwas, das eine Brücke sein kann. Nutzt der Mensch den Wechsel von Ebbe und Flut, die Strömungen, den Wellengang des Wassers und fährt übers Meer, um Neues zu entdecken, oder fürchtet er die dunkle Tiefe und die nicht zu bändigende Kraft der Strömungen, weil ihm die unheimlichen Gefahren Angst machen? Beide Sichtweisen sind richtig, denn das Wasser ist in seinem Maß, was es an Leben schenken und auch zerstören kann, genauso ungeheuer wie der Mensch.*

NC war fasziniert, wie Manfred den Streit zwischen den Geschwistern thematisierte, ohne ihn zu benennen, und wie er gleichzeitig die verstorbene Frau Langfeld in den Fokus rückte. NC hatte schon einige Reden von Manfred gehört, aber noch nie war er so beeindruckt gewesen wie jetzt. Im Grunde waren sie ein gutes Team, dachte NC, Manfred sorgte für die richtigen Worte, und er, NC, setzte sie in die Tat um.

*Schon der Weg der Israeliten ins Gelobte Land führte durch das Wasser des Roten Meeres, desselben Meeres, das die rachedurstigen Ägypter in den Tod riss. Dem einen ist es die Rettung, dem anderen der Tod …*

Genau in dem Moment, da das Wort Tod noch bleischwer in der Luft hing und allen Beteiligten noch einmal in aller Deutlichkeit bewusst machte, warum sie sich hier versammelt hatten, durchbrach ein Schrei die Rede Manfreds, so schrill und durchdringend, dass es NC nicht gewundert hätte, wären die Fenster gesplittert und die Kerzen ausgegangen. Eine Frau aus der zweiten Reihe war aufgesprungen und auf den Stuhl geklettert, als hätte sie eine zwischen den Schuhen der Trauergäste umherspringende Maus entdeckt. Aber ihr ausgestreckter Arm zeigte nicht auf den Boden, sondern fast waagrecht nach vorne auf den Sarg. NC sah ein dünnes Rinnsal aus dem Sarg auf das goldfarbene Tuch laufen. Nicht weit daneben das Foto mit der lachenden Frau Langfeld. Es war alles so, wie es sein sollte. Das Meer war zurückgekommen, die Wellen liefen auf den Strand, und Frau Langfeld stand mit den Füßen im Wasser. Es war perfekt, dachte NC.

Oh mein Gott, schrie jemand, sie läuft aus. Nein, wie schrecklich.

Das ist Leichenfett, brüllte ein anderer, das ist giftig.

Der Sarg ist nicht dicht, brüllte ein Dritter, Herrgott, das gibt's doch nicht.

Wir können sie hier doch nicht einfach so auslaufen lassen, schrie eine Frau und sah hilfesuchend um sich. Warum tut denn niemand was.

Sekunden später brüllte alles durcheinander. Frau Bach war aufgesprungen und hatte die Hände vors Gesicht geschlagen. Sie schrie. Ihr Bruder lief zu Manfred. Manfred sah fassungslos auf den Sarg und suchte dann den Blick NCs. Der merkte, dass die Situation aus dem Ruder lief. Niemand schien zu verstehen, dass hier etwas Großes vor sich ging. Die Menschen interpretierten die Situation völlig falsch. NC musste etwas tun, sie beruhigen, erklären, dass hier zusammenfand, was zusammengehörte.

Er brauchte einen Moment Ruhe, dann würde er ihnen die Poesie erklären, den Fisch, das Wasser, den Strand. Er musste sich Gehör verschaffen.

Es ist nur Wasser, schrie er, nur Wasser. Frau Langfeld läuft nicht aus. Das Meer ist zu ihr gekommen, so wie sie es sich gewünscht hat. Herrgott, es ist nur Wasser, beruhigen Sie sich doch.

Aber es beruhigte sich niemand. Frau Bach saß von Tränen geschüttelt zusammengesunken auf ihrem Stuhl. Herr Langfeld stand wild gestikulierend vor Manfred und zeigte immer wieder auf den Sarg. Vielleicht würde ihnen Musik die Zusammenhänge verdeutlichen, dachte NC und drückte die Play-Taste des CD-Spielers. *Bridge over troubled water*. Eine Frau vor ihm drehte sich zu ihm, starrte ihn fassungslos an und stammelte: Sie sind ja so was von geschmacklos. Schämen Sie sich.

Es war ein Tumult. Etliche Trauergäste strömten dem Ausgang zu, die anderen redeten und brüllten aufeinander ein. Sabine kam herein, eilte mit weitaufgerissenen Augen zu NC und fragte, was los sei.

Das Meer ist zu ihr gekommen, stotterte NC. Schau, es ist doch schön, der Fisch, der Strand, das Wasser. Es ist doch nur Wasser.

Sabine schüttelte den Kopf. Was redest du denn?, murmelte sie und blickte suchend um sich. Wo ist Manfred?

Manfred stand bei Herrn Langfeld und Frau Bach und redete beruhigend auf sie ein. Frau Bach drehte sich immer wieder zu NC um. Ihr Blick verriet, dass auch sie nicht verstand, dass dies die beste aller Seebestattungen war, die einzige Seebestattung, die überhaupt möglich war. NC lächelte ihr zu. Wenn sie sein Lächeln sähe, würde sie erkennen, dass hier kein Missgeschick passiert war, sondern alles absichtlich so herbeigeführt worden war. Das würde ihr die Augen öffnen.

Mit entschlossenem Schritt kam sie auf ihn zu.

Können Sie mir das erklären?, fragte sie in einem Ton, der NC ahnen ließ, dass sie keinen Wert darauf legte, sich von ihm die Schönheit der Trauerfeier erklären zu lassen.

Es war als Bild gemeint, stammelte er.

Ein Bild, schrie sie ihn an, was in aller Welt für ein Bild soll ein gefluteter Sarg sein, außer dass es ein gefluteter Sarg ist?

Das Meer ist zu ihr gekommen, die Wellen laufen über den Strand, murmelte NC.

Sind Sie eigentlich irgendwie behindert?, fragte Frau Bach.

Aber, es war doch Ihr Wunsch, dass …

Dass Sie den Sarg in einen Badesee verwandeln? Verstehen Sie das unter einer Seebestattung? Sie schaute ihm direkt in die Augen, und NC senkte den Blick.

Ich habe das noch nie getan, flüsterte sie, aber Sie haben es sich verdient. Sie schlug ihm mit der flachen Hand ins Gesicht.

Mit Mühe konnte Manfred Herrn Langfeld und Frau Bach davon abhalten, Anzeige zu erstatten, allerdings nur unter der Zusage, Frau Langfeld trocken zu legen, in einen neuen Sarg umzubetten und keinerlei Kosten in Rechnung zu stellen. Außerdem musste er versprechen, NC von jeglichen Handgriffen fernzuhalten und sämtliche Trauergäste anzuschreiben und sich zu entschuldigen.

Am Abend beorderte Manfred NC zu einem Gespräch. NC erklärte, dass er statt einer echten Seebestattung eine Seebestattung im übertragenen Sinne geplant hatte. Im Wort bestatten sei ja das Wort statt enthalten. Manfred schrie. Wie er auf so eine abstruse Idee kommen könne? Als Bestatter sei man Dienstleister und könne nicht einfach nach Gutdünken Menschen bestatten, wie es einem passe, und das damit begründen, dass in dem Wort bestatten das Wort statt stecke. Ob er den Verstand verloren habe?

NC sagte, Frau Bach und Frau Langfeld hätten ihm eben leidgetan. Er habe gewollt, dass die Bestattung dem toten Menschen gerecht werde und nicht die Finanzkraft darüber entscheide, was mit dem Toten passiere.

Wenn sich das rumspreche, dass bei der Bestattungsfirma *Wege* Wasser in den Sarg geschüttet und gesagt werde, das Meer kehre zurück und der Fisch zappele nicht mehr auf dem Trockenen, dann könne er seinen

Betrieb schließen, das sei ihm doch hoffentlich klar, brüllte Manfred. Und dann dürfe es NC gern leidtun, dass die Mitarbeiter ihren Job verlören.

An mehr konnte sich NC später nicht mehr erinnern. Nur dass Manfreds Kopf tief rot geworden war, ein roter Ball, der vor seinem Kopf auf und nieder gegangen war, sich ihm bedrohlich genähert, ihn schlussendlich aber doch nicht berührt hatte. Obwohl NC hinterher der Schädel gebrummt hatte, als hätte er ein mehrfaches Schleudertrauma erlitten.

Nur dass Sabine ihn mit den Worten verabschiedet hatte, dass das keine Kleinigkeit gewesen sei, blieb ihm in Erinnerung. Er hatte genickt und die Tür des Bestattungsinstituts leise hinter sich geschlossen.

Am Wochenende verließ er die Wohnung kaum. Die meiste Zeit lag er auf seinem Bett und hielt die Augen geschlossen. Er fragte sich, warum Manfred ihn nicht verstanden hatte? Warum überhaupt niemand verstanden hatte, was ihm da geglückt war? Es war Poesie gewesen. Es war Poesie gewesen! Warum hatte das keiner sehen wollen? Das Wort *Dienstleister* ging ihm nicht aus dem Kopf. Wenn es für Manfred das Wort *Leiche* nicht gab, konnte er doch unmöglich seine Arbeit als *Dienstleister* versehen.

NC war verunsichert. Er fragte sich, ob vielleicht er es war, der einer Selbsttäuschung unterlag. Es war ja arrogant, zu glauben, etwas sei Poesie, wenn alle anderen sagen, es sei wahnsinnig.

Der Herbst kam, das Laub fiel von den Bäumen, die Nächte wurden kälter, und die Luft in den Abschiedsräumen musste nicht mehr heruntergekühlt werden. Wenn NC frühmorgens das Haus verließ, hing oft noch Nebel in der Luft, und wenn er sich am späteren Nachmittag auf den Nachhauseweg machte, war der tiefblaue Himmel voll von Vögeln, die sich auf ihre Reise gen Süden vorbereiteten.

Manfred hatte NC nicht entlassen, aber ihr Verhältnis hatte sich deutlich abgekühlt. Er konnte und wollte seine Enttäuschung über NCs Aktion nicht verbergen. Sein Vertrauen hatte erhebliche Risse bekommen, und immer öfter kam es vor, dass er NCs Arbeit in Augenschein nahm und auf Fehler hin untersuchte. NC spürte die zweifelnden Blicke Manfreds, und obwohl sie ihm zusehends die Freude an der Arbeit nahmen, konnte NC ihnen nichts entgegensetzen. Zwar lobte Manfred NC auch öfter, aber NC kam das Lob gequält und aufgesetzt vor, als wollte Manfred etwas auffrischen, was schon längst kaputtgegangen war. NC achtete darauf, Manfred keine Gelegenheit für Kritik zu geben, aber je mehr er sich bemühte, keinen Fehler zu machen, desto unsicherer fühlte er sich, und seine Bewegungen kamen ihm linkisch und ungelenk vor.

Viktor meinte, NC solle sich die verpatzte Trauerfeier für Frau Langfeld nicht so zu Herzen nehmen.

Nächstes Mal machst du es besser, kein Problem. Wasser in einen Sarg zu schütten ist eine blöde Idee, aber so blöde Ideen hat man nur einmal.

NC nickte, aber im Grunde fürchtete er, dass er so blöde Ideen noch öfter haben würde, denn im Innersten seines Herzens fand er sie immer noch großartig.

NC war um jede Minute froh, die er nicht mit Manfred zubringen musste. Abgesehen von den Abschiedsräumen, in denen NC sich nach wie vor gerne aufhielt und eine Weile neben den Toten sitzend seinen Gedanken nachhing, wurde das Bestattungsauto zu einer Art Zuflucht für ihn. Empfand er die Arbeit im Bestattungsinstitut als eine Art Korsett aus Kontrolle und Beobachtung, so änderte sich das, sobald er im Auto saß. Hier fühlte er sich frei und selbstbestimmt, vor allem, wenn er alleine fuhr und seine Ruhe hatte. Um die Autofahrten in die Länge zu ziehen, fuhr er öfter zwanzig Stundenkilometer weniger als erlaubt. Dass die Autos hinter ihm hupten, ihn links und rechts überholten, etliche Fahrer ihm den Mittelfinger zeigten, quittierte er mit einem Lächeln. Wurden ihm die Beschimpfungen zu viel oder entdeckte er Streitigkeiten zwischen Verkehrsteilnehmern, hielt er an, stieg aus, ging zu den Streithähnen, zeigte auf das Bestattungsauto und sagte: Mit Beschimpfungen fängt es an, und da hört es auf. Muss doch nicht sein.

Dann stieg er wieder ins Auto, fuhr weiter und dachte, dass man viel öfter kurze Statements abgeben sollte. Keine Diskussionen. Anhalten, Meinung sagen und weiterfahren.

Auf der Autobahn allerdings drückte er aufs Gas. Hundertdreißig für die Lebenden, zweihundert für die Toten. Keine Diskussionen. Einmal übersah er dabei einen Volvo, der von einer Autobahnauffahrt kommend direkt vor ihm die Spur querte. NC war auf der Rückfahrt vom Krematorium in Frankreich, und neben ihm auf dem Beifahrersitz wackelte Frau Schmidt in einer Terrakottaurne. NC stieg im letzten Moment mit aller Kraft auf die Bremse. Das Auto fing sofort an zu schlingern, das Heck drohte auszubrechen und der Bus zu kippen. NC spürte den Gurt, der seinen Brustkorb presste, die Urne schleuderte gegen die Plastikabdeckungen des Cockpits, und als das Auto endlich zum Stillstand gekommen war, lag sie in Scherben zersplittert neben dem Schaltknüppel. Die Asche war in der ganzen Fahrerkabine verstreut.

Viktor half ihm, die Sache zu vertuschen. NC traf sich mit ihm auf einem abgelegenen Parkplatz, zusammen löffelten sie die Asche in eine neue Urne, und für die Aschereste, die sich in schwer zugänglichen Ecken niedergelassen hatten, öffneten sie Türen und Fenster. Sie hörten zu, wie der Wind durch die Sitzhalterungen fuhr, die Plastikabdeckungen leerfegte, in die Ablagen der Türen raste, und sahen den Ascheresten nach, die sich in die Lüfte erhoben und mal hierhin, mal dahin stoben – wie ein Kind, das sich nicht entscheiden kann, wohin es sich zuerst wenden soll.

Es ist überall schön, sagte NC.

Viktor schüttelte den Kopf. Stimmt nicht. Dann sammelte er die restlichen Scherben auf, blickte zu NC und sagte: Vielleicht gehörst du zu den Menschen, die viele blöde Ideen haben.

Bis auf diesen Vorfall verlief der Herbst relativ ruhig. Er erhielt einen Brief von der Staatsanwaltschaft, der ihn kurzfristig in Aufregung versetzte, aber es war lediglich die Mitteilung, dass das Strafverfahren gegen ihn wegen Körperverletzung eingestellt wurde. Einen Moment überlegte er, Berufung einzulegen, aber dann fand er es doch unangebracht eitel, um die Anerkennung einer gebrochenen Nase zu kämpfen.

Kornelia hatte sich nie mehr auf seine letzte Mail gemeldet. Sein Bruder Bernd war beruflich mehrere Monate in Asien unterwegs, fragte aber per Mail alle paar Wochen nach, ob NC inzwischen zur Vernunft gekommen sei. NC antwortete, dass er das nicht wisse, er sei sich unsicher, was seine Vernunft betreffe.

Marcel und NC saßen jeden Morgen nebeneinander im Bus, außer an den Tagen, an denen Marcel aus irgendwelchen Gründen fehlte. NC fragte ihn nie danach, er befürchtete insgeheim, etwas zu erfahren, was ihrem Umgang miteinander eine andere Richtung hätte geben können. Es war gut, wie es war, und so sollte es bleiben. Wenn Marcel den Bus betrat, verriet sein Gang, dass er davon ausging, dass NC ihm den Platz neben sich freigehalten hatte. Es schien für beide nicht vorstellbar zu sein, dass Marcel sich jemals woanders hinsetzen würde als neben NC. Sie nickten einander zu, manchmal gaben sie sich die Hand, tauschten Begrüßungsworte, und nachdem sie eine Weile stumm nebeneinandergesessen und aus dem Fenster geschaut hatten, fing einer von beiden an, den anderen etwas zu fragen, zum Beispiel, wie man dazu komme, etwas schön zu finden, ob es Schönheit ohne Hässlichkeit geben könne, welche Jahreszeit die schönste sei oder ob man gleichzeitig Angst haben und lachen könne. NC genoss diese Gespräche mit dem Jungen, weil sie mäanderten wie naturbelassene Flüsse, die sich frei ihren Weg durch die Landschaft bahnten und kein wirkliches Ziel vor Augen hatten.

Über das Bestattungsinstitut verloren sie nie mehr ein Wort. Am Montag nach der Trauerfeier von Frau Langfeld hatte Marcel NC gefragt, wie die Geschichte von

Frau Langfeld weitergegangen sei. Großartig, hatte NC geantwortet, dabei aber seinen Blick nicht vom Fenster abgewendet. Das war das letzte Mal gewesen, dass sie das Bestattungsinstitut erwähnt hatten, auch über die Ironie hatten sie seitdem nie mehr gesprochen.

Es kam vor, dass Marcel aus dem Nichts heraus anfing zu summen, und NC bewunderte ihn dafür. Auf die Liste von Dingen, die es zu wenig gab, wollte er unbedingt summende Menschen hinzufügen.

Maria März arbeitete wieder in der Bäckerei. Sie wirkte angespannt und erschöpft. Jedes Mal, wenn NC ihr gegenüberstand, wollte er nachfragen, was sie bedrückte, aber dann ließ er es doch sein und dachte, dass es auch besser sei, es sein zu lassen, obwohl er sich insgeheim fragte, warum eigentlich.

Er bestellte keine süßen Teilchen mehr, sondern sagte zu ihr: Packen Sie mir einfach etwas ein, wenn ich komme. Ich möchte es vollkommen Ihnen überlassen, was ich kaufe.

Frau März schüttelte den Kopf. Das geht nicht, sagte sie. Das will ich nicht.

Ich möchte es aber, sagte NC. Ich werde mich nicht beklagen, niemals, das verspreche ich Ihnen. Sie packen eine Tüte, und egal, was drin ist, ich nehme sie.

Es ist mir unangenehm, sagte sie, ich weiß auch nicht, ob das mit unseren Geschäftsbedingungen …

Obwohl das Wort *Geschäftsbedingungen* aus ihrem Mund klang, als wäre es mit einer Glasur überzogen, verschränkte NC die Arme vor der Brust.

Wenn ich möchte, dass Sie mir etwas empfehlen, ist Ihnen das unangenehm, und wenn ich möchte, dass Sie mir nichts empfehlen, ist es Ihnen auch unangenehm. Das lässt mich langsam glauben, dass ich selbst unangenehm bin.

Warum können Sie nicht einfach sagen, was Sie wollen, so wie andere Kunden auch?

Weil ich nicht wie andere Kunden sein will und nicht will, dass Sie wie andere Bäckereifachverkäuferinnen sind.

Frau März sah ihn erstaunt an, vielleicht auch irritiert. Aber schnell senkte sie ihren Blick. Also einfach etwas einpacken, sagte sie, ohne ihn anzuschauen.

Ja, einfach etwas einpacken. Das wäre schön.

In der Stunde, da die Arbeit getan war, der Tag in den Abend überging, das Licht des Tages verschwand und die aufkommende Dunkelheit die Melancholie brachte, konnte NC sich fragen, warum Frau März ihm einen Hildataler oder einen Berliner, eine Nussecke oder einen Streusel, eine Vanillebrezel oder ein Flammendes Herz eingepackt hatte. Jedes Teilchen konnte er als Botschaft verstehen und sich auf der Zunge zergehen lassen. NC schien es eine besonders schöne Form der Hingabe zu sein und vielleicht die einzige, zu der er fähig war.

So gingen die Wochen dahin. Obwohl den Tagen eine unaufgeregte Gelassenheit anhaftete, wurde er selbst von einer inneren Unruhe befallen. Es kam ihm so vor, als habe sich etwas in der letzten Zeit unwiderruflich verändert, er war nur noch nicht dahintergekommen, was genau es war. Ein paar Mal schoss er noch Eier und tatsächlich auch Tomaten aus dem Fenster, aber es fühlte sich sogleich falsch an und hinterließ ein schales Gefühl.

Auch die Toten seufzten immer mehr, es war, als kommentierten sie sein ganzes Leben mit einem Seufzen. Er seufzte zurück, aber das Seufzen der Toten war lauter.

Der Hund November war verschwunden. Mehrmals lief NC die Straßen ab, in denen er ihn früher gesehen hatte, aber er konnte ihn nirgends entdecken. Er vermisste ihn. Es war die Sehnsucht nach jemandem, der mit drei Beinen lief, als hätte er vier.

Dann wurde damit begonnen, in den Straßen Weihnachtsbeleuchtung aufzuhängen und die Schaufenster der Geschäfte festlich zu schmücken. In der Innenstadt bauten sie schon den Weihnachtsmarkt auf, und Marcel hatte mit seiner Klasse eine Schulaufführung. Sie wollten Adventslieder singen und für eine Obdachlosenhilfe Spenden sammeln. Marcel gab NC eine Einladung, aber der ging nicht hin. Er befürchtete, dass es ihm weniger gefallen würde als das Summen im Bus.

Frau März fehlte wieder öfter in der Bäckerei. Die gepiercte Aushilfsverkäuferin wusste mittlerweile, dass NC bei ihr nichts kaufte. Wenn er die Bäckerei betrat, warf sie ihm einen kurzen Blick zu und sagte: Ein paar Tage.

NC nickte dann und verließ die Bäckerei wieder.

Eines Morgens kam Manfred auf ihn zu und bat ihn, zusammen mit Viktor die Rufbereitschaft für die Weihnachtsfeiertage zu übernehmen. Es war das erste Mal, seit der Trauerfeier von Frau Langfeld, dass Manfred ihm wieder die Verantwortung für ein Wochenende übertrug.

Als Zeichen, dass der Vorfall für mich vergessen ist, sagte Manfred und gab NC die Hand.

NC war froh über die Aufgabe. An Weihnachten Tote abzuholen war allemal besser als zu Hause zu sitzen und Winnetou-Wiederholungen im Fernsehen zu gucken. Außerdem freute er sich, mit Viktor zusammenarbeiten zu können.

In den Nachrichten wurde ein Kälteeinbruch für Weihnachten vorhergesagt, aber NC glaubte, dass die Nachricht nur dazu dienen sollte, das Weihnachtsgeschäft anzukurbeln.

Am ersten Weihnachtsfeiertag um halb zehn Uhr abends klingelte NCs Diensthandy. Eine Männerstimme meldete sich mit *Herr März*. Der Vater seiner Frau sei gestorben und müsse abgeholt werden.

März wie April?, fragte NC mit klopfendem Herzen.

März wie März, ja.

NC hob das Handy zur Seite und atmete tief durch. Wie viele Menschen gab es, die März hießen. NC war sich sicher, dass es sich um den Vater von Frau März aus der Bäckerei handelte. NC wollte ihr nicht als Bestatter begegnen.

Er muss nicht zwingend jetzt abgeholt werden, sagte NC, er kann auch noch eine Nacht zu Hause bleiben.

Warum soll er denn zu Hause bleiben, er ist tot, sagte der Mann mit hörbarem Erstaunen.

Ja, gerade deswegen, sagte NC, es ist ja jetzt quasi die letzte Gelegenheit.

Die letzte Gelegenheit für was?

Ihn zu sehen, bei sich zu haben.

Ich verstehe Sie nicht, sagte der Mann, wir haben ihn die ganze Zeit gesehen.

Ich meine nur, es gibt kein Gesetz, das vorschreibt,

dass Ihr Schwiegervater jetzt abgeholt werden muss. Er könnte die Nacht noch zu Hause bleiben, wenn Sie das wollen.

Ich glaube, wir wollen das nicht, sagte der Mann.

Ich sage Ihnen das nur, weil es manchen Menschen beim Abschiednehmen hilft, wenn der Verstorbene nicht gleich abgeholt wird, sondern noch in den eigenen vier Wänden bleibt.

Einen Moment blieb es stumm in der Leitung. NC hoffte.

Mein Schwiegervater war kein Müßiggänger, sagte der Mann schließlich, hier rumzuliegen hätte ihm nicht gefallen.

Gut, dann kommen wir jetzt, sagte NC, erfragte die Adresse und legte auf.

Gleich darauf rief er Viktor an, bestellte ihn ins Bestattungsinstitut und bat ihn, schon mal einen Verbrenner ins Auto zu laden.

Mach ich, sagte Viktor. Seine Stimme klang merkwürdig belegt, aber bevor NC ihn fragen konnte, ob alles in Ordnung sei, hatte Viktor schon aufgelegt.

Als NC ins Institut kam, saß Viktor auf der Toilette. Er hatte noch keinen Verbrenner geladen. NC schaute im Lager, ob es schwarze Anzüge aus Schurwolle gab, tatsächlich war es über Weihnachten bitterkalt geworden. Aber er fand nur noch einen aus Baumwolle, und der hatte zu kurze Hosen und die Jacketttaschen waren noch zugenäht. Sabine musste die anderen Anzüge zur Reinigung gebracht haben. Er zog sich um und klopfte dann ungeduldig an die Toilettentür.

Wird das noch was?, fragte er.

Viktor brummte etwas, das NC nicht verstand.

Beeil dich, wir müssen los. NC lud selbst das Auto.

Kurz darauf kam Viktor schwer atmend aus der Toilette.

Mein Gott, entfuhr es NC, du siehst aus, als bräuchtest du bald einen Abschiedsraum.

Muscheln, brummte Viktor, geht schon. Er wischte sich den Schweißfilm von der Stirn.

Wieso isst du Muscheln im Schwarzwald, im Dezember?

Waren vom Schwarzen Meer, meine Heimat, nuschelte Viktor.

Du siehst nicht so aus, als könntest du arbeiten, sagte NC.

Viktor zog die Augenbrauen hoch. Ich bin Kasache, sagte er.

NC überlegte, Manfred anzurufen und ihn zu fragen, ob er für Viktor einspringen könne. Aber er verwarf den Gedanken so schnell, wie er gekommen war. Wenn Viktor sagte, dass es ging, würde es auch gehen. Immerhin hatte Viktor es geschafft, sich umzuziehen.

Wie wär's mit Medizin, wir könnten an einer Apotheke vorbeifahren, die Nachtdienst hat?

Viktor schüttelte den Kopf. Wenn du Medizin nimmst, bist du krank. Ich bin aber nicht krank, mir geht es nur nicht so gut.

NC zuckte mit den Schultern.

Los geht's, brummte Viktor und ging zum Auto.

Während NC den Wagen durch die Nacht steuerte, legte Viktor seinen Kopf an das Seitenfenster der Beifahrertür und hielt sich die Hände vor seinen Bauch. Draußen bogen sich die Bäume im kalten Wind. NC dachte, dass er bei solchem Wetter nicht sterben wollte. Er wollte keinen Aufruhr, keinen Sturm, Regen, Hagel oder Schneefall. Für den Aufstieg seiner Seele wünschte er sich angenehme vierundzwanzig Grad und Windstille. Bei Licht betrachtet gab es nur wenige Tage im Jahr, die zum Sterben geeignet waren.

Bei welchem Wetter willst du sterben?, fragte er Viktor.

Egal.

Aber heute zum Beispiel, wäre es dir da nicht zu kalt und zu windig?

Kasachen interessieren sich nicht fürs Wetter. Mal ist es so, mal so. Egal. Er drehte eine Handfläche nach innen, dann nach außen.

Ich hätte irgendwie Angst, dass der Wind meine Seele wegbläst, so wie ein Blatt Papier, und sie sich in einem Baum verfängt. Und dann hängt meine Seele für alle Ewigkeit an einem Nadelbaum fest, sagte NC.

Ich glaube, die Seelen haben ein eingebautes Navi, die landen an keinem Baum, brummte Viktor.

Trotzdem, ich mag es nicht, wenn es so kalt ist, sagte NC, aber wenn es zu warm ist, mag ich es auch nicht.

Du magst das eine nicht und das andere nicht, aber beides zusammen ist dann doch super. So ist das Leben. Verrückt.

Wie meinst du das denn?, fragte NC.

Viktor drehte bedächtig seinen Kopf zu NC. Er sah aus, als kämpfe er mit einem schweren Unwetter in seinem Bauch.

Mein Bruder hasst Reis, und noch mehr hasst er Fisch, aber er liebt Sushi, das ist doch verrückt, oder?

Sie fuhren Richtung Osten, wo die Landschaft zunehmend hügeliger wurde. Viktor hatte die Augen geschlossen, und NC fragte sich, wie er Frau März gegenübertreten sollte. Er beschloss, seine Reaktion von ihrer Reaktion abhängig zu machen.

Das Haus war alleinstehend, und von außen machte es den Eindruck, die besten Tage schon lange hinter sich zu haben. Die Fenster waren mit Eisblumen überzogen, und an einigen Stellen blätterte der Putz. NC ärgerte sich, keine lange Unterhose angezogen zu haben, überhaupt viel zu dünn bekleidet zu sein. Viktor stöhnte auf, als NC zu abrupt bremste und die Handbremse anzog. Er warf NC einen genervten Blick zu. Ihm stand der Schweiß auf der Stirn.

Du kannst doch keinen Sarg tragen, sagte NC.

Viktor gab sich einen Ruck, tupfte mit dem Ärmel seines Sakkos den Schweiß weg und sagte: Was weißt du, was ich tragen kann. Dich lupf' ich auf einem Finger, wenn ich will.

Als sie ausstiegen, schlug ihnen ein eiskalter Wind entgegen. Auf einem Scherenwagen fuhren sie den Sarg bis zur Haustür. Dann läutete NC, warf einen Blick auf Viktor und fragte sich, ob er zwei Menschen ins Haus lassen würde, die wie eine Erscheinung aus alten Westernfilmen wirkten und einen Sarg mit sich führten. Der eine fröstelnd mit zu kurzen Hosenbeinen, der andere schwitzend und so blass, dass man nicht sicher sein konnte, ob er nicht dem Jenseits entsprungen war.

NC schätzte den Mann, der ihnen die Türe öffnete, auf Mitte bis Ende vierzig. Er konnte jünger, aber auch älter sein, die Haare waren unter seiner Wollmütze nicht zu sehen, und auch sonst zeigte er wenig Haut. Um seinen Hals hatte er einen Schal geschlungen, über einem karierten Wollhemd trug er eine dicke blaue Strickjacke. Er sah aus, als lebte er am Nordpol. Es hätte NC nicht gewundert, wenn er einen Schlitten hinter sich hergezogen oder Skier an den Füßen gehabt hätte. Er stellte sich als Herr März vor. Sein Schwiegervater, Herr Bronikowski, Herr März sagte, der *alte Bronikowski*, liege im ersten Stock. Er zeigte hinter sich auf eine Treppe. NC schluckte, als er sie sah, und warf einen Blick zu Viktor. Die Treppe ging steil nach oben, keine Treppe, die man hochstieg, eher musste sie erklommen werden. Herr März ging leichtfüßig voran. Viktor atmete tief durch. Schon bei der ersten Stufe brach ihm erneut der Schweiß aus. Er schaffte kaum zwei Stufen, ohne innehalten zu müssen. Falls der alte Bronikowski nicht magersüchtig gewesen sein sollte, konnte NC sich nicht vorstellen, wie er hier mit Viktor einen gefüllten Sarg die Treppe hinuntertragen sollte. Oben angekommen, lehnte sich Viktor an die Wand und schnaufte wie eine Dampflokomotive. Herr März runzelte die Stirn.

Das Zimmer vom alten Bronikowski lag am Ende eines schmalen Flurs. Sie mussten mit dem Sarg um keine Ecke, worüber NC sehr dankbar war. Das Zimmer war recht groß, NC schätzte es auf bestimmt dreißig Quadratmeter. An zwei Wänden gab es jeweils ein kleines Fenster, um das herum Bücherregale angebracht waren, die bis unter die Decke reichten und in denen Bücher und Zeitungsartikel wild aufeinandergestapelt lagen. Die Wand, an die das Bett des alten Bronikowski grenzte, war übersät mit Unmengen von Fotos in verschiedenen Größen, die meisten in Schwarz-Weiß. Viele von ihnen zeigten Gesichter. An der Wand links von der Eingangstür ging eine Tür ab, NC vermutete dahinter eine Toilette oder ein kleines Bad.

Sie stellten den Sarg neben das Bett des alten Bronikowski. Der hatte ein Nachthemd an und sah aus wie friedlich entschlafen, aber von Magersucht keine Spur. Viktor lehnte sich an ein Bücherregal. Er krümmte sich leicht nach vorne, so als suchte er seinen Magen zu entlasten. Hoffentlich hält er durch, dachte NC.

Eine Frau kam ins Zimmer. Es war Maria März, die Bäckereifachverkäuferin. Sie trug ein graues Kostüm, eine schwarze Strickjacke und einen schwarz-grau gemusterten Schal. Ihre blonden Haare waren in Aufruhr, als hätte sie, kurz bevor sie das Zimmer betrat, noch eine Mütze aufgehabt. Ihre Augen waren rot geweint.

Sie ging auf NC zu und reichte ihm die Hand. Ihr Blick zeigte keinerlei Erstaunen. Sie sah ihn an, als hätte sie ihn noch nie zuvor gesehen. NC drückte ihre Hand etwas länger, als er es üblicherweise tat.

Guten Tag, Frau März, sagte er.

Viktor blieb am Bücherregal stehen. Er hatte eine Hand auf den Oberschenkel gelegt und wirkte wie jemand, der schwer geschuftet hatte und nun versuchte, wieder zu Atem zu kommen. Er hob leicht die Hand und nickte Frau März zu.

Ist Ihnen nicht gut?, fragte sie.

Doch, doch, sagte Viktor, kein Problem.

Sind das Fotos, die Ihren Vater zeigen?, fragte NC mit Blick auf die Wand.

Auch, ja, mein Vater war Schauspieler am Theater. Die meisten Fotos sind Aufnahmen von Aufführungen und Kollegen. Sie ging zu ihrem Vater und strich ihm über die Wange. Alter Bronikowski, murmelte sie. So nannten sie ihn am Theater. Der alte Bronikowski. Er war stolz drauf.

Ein Windstoß fegte ums Haus und ließ die Fensterläden unrhythmisch und laut gegen die Fassade schlagen. Unwillkürlich rieb NC seine Handflächen aneinander.

Die Heizung ist ausgefallen. Es tut mir leid, dass es so kalt ist, aber wir wollten keine Handwerker im Haus, solange mein Vater noch hier ist. Ich denke, Sie verstehen das, sagte Frau März.

Für die Verstorben ist es ohnehin besser, wenn sie kühl liegen, sagte NC und lächelte ihr zu.

Wie geht's denn jetzt weiter?, fragte Herr März ungeduldig. NC entging es nicht, dass er immer wieder irritierte Blicke auf Viktor warf.

Wir werden jetzt ein Leintuch unter den Körper ihres Vaters legen und ihn damit umbetten. Ganz sanft, wie in einer Hängematte heben wir ihn in den Sarg.

Obwohl Herr März die Frage gestellt hatte, antwortete NC seiner Frau. Plötzlich stöhnte Viktor auf. NC drehte sich erschrocken zu ihm um. Viktors Pupillen weiteten sich, ein Ruck ging durch seinen Körper, unvermittelt riss er die Hände vor den Mund und warf hektische Blicke um sich.

Herr März wies mit einer schnellen Bewegung auf die Tür links von der Zimmertüre.

Betreten schauten alle drei zu Boden, als sie hörten, wie der Toilettendeckel donnernd aufklappte und Viktor sich lautstark erbrach.

Ist das sein erster Toter?, fragte Herr März.

NC schüttelte den Kopf: Er hat Muscheln gegessen.

Herr März zog die Augenbrauen hoch. Im Dezember? Im Schwarzwald?

Er ist Kasache, sagte NC, als würde das etwas erklären.

Und jetzt? Braucht er Hilfe?

NC zuckte mit den Schultern, ging dann aber zur Toilettentür, klopfte und fragte Viktor, ob er etwas brauche. Viktor erbrach sich erneut.

Es tut mir leid, sagte NC und blickte zu Frau März.

Soll ich ihm ein Glas Wasser bringen?, fragte sie.

Ich glaube, im Moment nicht, sagte NC.

Irgendwie habe ich mir das alles anders vorgestellt, sagte Herr März und schaute NC mit versteinertem Gesicht an.

NC spürte, wie die Kälte seine Hosenbeine hochkroch, und fürchtete, sich eine Blasenentzündung zu holen. Er überlegte, was er jetzt machen sollte. Die Frage schien auch Herrn März zu beschäftigen. Wie soll es jetzt weitergehen?, fragte er.

NC wollte sich auf keinen Fall die Blöße geben, Manfred anzurufen. Der würde ihm nur vorhalten, ihn nicht gleich informiert zu haben. Außerdem konnte Viktor sich schnell erholen, und dann würde es laufen wie immer.

Haben Sie vielleicht Kleider für Ihren Vater, die Sie uns mitgeben wollen?, fragte er.

Ich habe schon welche rausgelegt, einen Moment, sagte Frau März und verließ das Zimmer. Einen Moment später kam sie mit mehreren zusammengelegten Kleidungsstücken zurück, die sie sorgfältig auf beiden Handflächen trug, so dass sie nicht knittern konnten.

Wollsocken, sagte NC, das würde Ihren Vater bestimmt freuen. Überhaupt sind das sehr schöne Kleider.

Er lächelte Frau März an und sah aus den Augenwinkeln, dass ihr Mann verärgert sein Gesicht verzog.

Warum hätten Wollsocken meinen Vater gefreut?, fragte Frau März.

Wollsocken sind ein Zeichen großer Zuneigung, sagte NC und schaute sie unverwandt an, nur Liebende kümmern sich um warme Füße.

So wie Sie das sagen klingt es wie aus einem Theaterstück. Das hätte meinen Vater gefreut. Sie lächelte.

Nein, nicht die Wollsocken, rief Herr März plötzlich in einer Lautstärke, die NC zusammenzucken ließ. Die passen überhaupt nicht zu seinem Anzug. Er griff nach dem Stapel, nahm die Socken und legte sie auf die Bettkante.

Frau März sah ihren Mann erschrocken an: Warum nicht? Es war ihm immer wichtig, warme Füße zu haben. Sie nahm die Socken und drückte sie NC in die Hand. Es waren seine Lieblingssocken, flüsterte sie ihm zu.

NC nickte. Verstehe.

Er wird doch eh verbrannt, was braucht er da warme Füße, sagte Herr März und machte Anstalten, NC die Socken wieder wegzunehmen. Unwillkürlich schloss NC seine Finger fester um die Socken, und die Hand von Herrn März zuckte zurück. Frau März nickte NC dankbar zu. NC lächelte unsicher zurück. Herr März holte tief Luft und kniff die Augen zusammen.

Es gefällt mir nicht, dass Sie die ganze Zeit meine Frau so anlächeln. Es gefällt mir sowieso überhaupt nicht, wie das hier vonstatten geht, sagte er in überraschend scharfem Ton.

Frau März traten Tränen in die Augen.

NC sah zur Toilettentür.

Viktor riss Toilettenpapier ab.

Es tut mir leid, begann NC, ich wollte Sie nicht …

Ach, hören Sie doch auf, unterbrach ihn Herr März, das ist doch eine Farce hier. Er machte eine wegwerfende Handbewegung.

Frau März begrub ihr Gesicht zwischen den Händen.

NC wollte sie trösten und legte ihr eine Hand auf den Rücken. Sie schluchzte und schüttelte den Kopf.

Herr März machte einen Schritt auf seine Frau zu, aber da NC direkt neben ihr stand, glaubte der, Herr März wolle erneut versuchen, ihm die Socken zu entreißen. Blitzschnell stopfte er sich die Socken vorne in den Hosenbund und konnte im gleichen Augenblick nicht fassen, was er gerade getan hatte. Er spürte, wie ihm das Blut in den Kopf schoss. Herr März blickte ihn ungläubig an. Die gehören meinem Schwiegervater, sagte er, als wären die Besitzverhältnisse das Problem und weniger der Ort, an dem sie sich jetzt befanden. Frau März spreizte ihre Finger und sah zwischen ihnen hindurch. Auch ihr Blick blieb an der Ausbeulung von NCs Hose hängen. Sie nahm ihre Hände von den Augen und sah NC direkt ins Gesicht.

Das ist nett von Ihnen, aber das müssen Sie nicht machen, sagte sie. Ich denke, es reicht auch ein dünneres Paar.

Sie streckte ihre Hand aus, und NC holte die Socken aus seinem Hosenbund. Als er sie ihr in die Hand legte, berührten sich ihre Finger flüchtig, und NC kam es so vor, als wären ihre beiden Hände wärmer, als es den Temperaturen nach möglich sein konnte. Frau März ging aus dem Zimmer und kam kurz darauf mit einem Paar dünner schwarzer Baumwollsocken zurück.

Und jetzt?, fragte Herr März.

Vielleicht könnten Sie mir helfen, Ihren Vater in den Sarg zu legen?, fragte NC.

Gern, sagte Frau März. Ihr Mann schaute irritiert zur Toilettentür, hinter der Viktor schwer keuchte, und zuckte dann etwas widerwillig mit den Schultern.

NC zeigte ihnen, wie sie den alten Bronikowski drehen sollten, damit er das Leintuch unter ihn bringen konnte. Dann erklärte er ihnen, dass das Leintuch über dem Kopf und an den Füßen zusammengezwirbelt und dann ganz straff gehalten werden müsse. NC wollte den Kopf übernehmen, da dort das Gewicht am größten war und er über die meiste Erfahrung verfügte. Herr März sollte sich an den Füßen einfinden und seine Frau in der Mitte unterstützend helfen.

Der alte Bronikowski schwebte sanft in den Sarg, aber Herrn März stach es in den Rücken. Er drückte sich beide Hände ins Kreuz und verzog leicht schmerzhaft das Gesicht. Erneut schaute er zur Toilettentür.

Der da trägt wohl nichts mehr, murmelte er.

NC klopfte vorsichtig an die Tür. Viktor, flüsterte er, wie schaut's aus, ich wäre so weit.

Viktor murmelte etwas, das NC nicht verstand, aber es klang nicht so, als würde er gleich herauskommen wollen.

Und jetzt?, fragte Herr März, ich kann Ihnen nicht helfen.

NC ging zum Treppenabsatz, Herr und Frau März folgten ihm. Alle drei schauten die Treppe hinunter. Frau März ergriff die Hand ihres Mannes und drückte sie fest. Auf keinen Fall wollte NC Manfred anrufen. Er würde eine Lösung finden. Eine, die mehr war als eine bloße Dienstleistung. Herr und Frau März schwiegen. Lautstark. NC war klar, was sie dachten. Bei Licht betrachtet, gab es nur eine Möglichkeit, den Sarg die Treppe hinunterzubekommen.

Haben Sie nicht noch einen anderen Mitarbeiter, den Sie anrufen können?, fragte Herr März.

Alle im Urlaub, log NC. Es ist Weihnachten, fügte er als Erklärung hinzu.

Wir könnten glauben, dass es sein letzter Wille gewesen sein könnte, sagte er schließlich.

Die Treppe hinunterstoßen? Herr März blickte NC an, als sei der nicht ganz bei Trost. Entgeistert wandte er sich an seine Frau: Erst klaut er ihm die Socken, und dann will er ihn die Treppe hinunterschubsen. Der ist doch nicht ganz dicht. Sag doch auch mal was.

Es klingt wirklich ein bisschen komisch, sagte Frau März.

Ein bisschen komisch? Ein bisschen komisch klingt auch ein bisschen komisch. Herr März schüttelte den Kopf. Ich dachte, es geht hier um Würde.

Vielleicht ist Würde nicht immer das, was man glaubt, sondern das Bestmögliche in der Situation, sagte NC.

Interessant. Herr März schnaufte verächtlich durch die Nase.

Eine Weile standen sie nebeneinander, sahen die Treppe hinunter und schwiegen.

Tja, und was machen wir jetzt?, fragte Herr März, wir können ja nicht ewig hier herumstehen und auf die Treppe starren.

Mit einem Ruck wandte sich Frau März an NC: Ich möchte gerne, dass Sie uns etwas empfehlen. Sie sind doch ein Bestattungsfachmann, ein dreifach zusammengesetztes Hauptwort, das ist schon was, und das Entscheidende steht in der Mitte: Fach. Sie sind vom Fach, wir sind es nicht.

Sie sah NC in die Augen. NC grinste sie an und nickte.

Was ist denn mit dir los?, fragte Herr März seine Frau.

NC räusperte sich. Ihr Vater war doch Schauspieler.

Mit Leib und Seele, bestätigte Frau März.

Dann empfehle ich Ihnen, es als seine letzte Rolle anzusehen, sagte NC. Sein letztes Stück, sein letztes Mal auf der Bühne.

Sie meinen, der tote alte Bronikowski soll einen toten alten Bronikowski spielen, verstehe ich Sie richtig?

NC nickte.

Und die Treppe?

Gehört zum Stück. Eine Requisite.

Ich weiß nicht recht, sagte Frau März.

Sie sollten es als Bild sehen, sagte NC, es ist doch der Wunsch eines jeden Schauspielers, auf der Bühne zu sterben. Und der alte Bronikowski macht es wahr. Als Toter kehrt er noch einmmal zurück auf die Bühne und spielt seinen eigenen Abgang.

Ja, das könnte ihm gefallen, lachte Frau März, und bei Licht betrachtet, ist es keine schwierige Rolle. Sie kicherte erneut leise auf, aber wirkte doch tränenerstickt, zumindest auf NC.

Für einen erfahrenen Schauspieler wie Ihren Vater ist das eine Leichtigkeit, versuchte NC sie zu trösten.

Frau März nickte.

Schließen wir also den Sarg, sagte NC.

Sie gingen zusammen zurück ins Zimmer, wo der alte Bronikowski ungerührt in seinem Sarg lag, als warte er geduldig auf seinen Auftritt.

Frau März bückte sich und strich ihrem Vater über die Wange. Gute Reise, wo immer es auch hingeht, flüsterte sie und gab ihm noch einen Kuss auf die Stirn.

Ja, mach's gut, murmelte Herr März, und nimm es uns nicht übel.

NC setzte das Sargoberteil auf, verteilte die Sargschrauben und langsam, im Bewusstsein, etwas Endgültiges zu tun, drehten sie schweigend die Schrauben ein, und wie so oft, wenn er Särge schloss, überfiel NC ein leichter Schauer, als er wahrnahm, wie sich das Holz des Oberteils in das Unterteil des Sarges zog, als erfüllte sich eine alte Sehnsucht. Er hörte Frau März schluchzen, und aus den Augenwinkeln sah er, wie ihre Hand stockte. Ihr Mann streckte seine Hand hinüber, strich ihr zärtlich über den Handrücken, löste ihre Finger von der Schraube und drehte sie fest. Anschließend schob NC den Sarg bis zum Rand der Treppe.

Der Sarg?, fragte Frau März plötzlich, geht er nicht kaputt, wenn …

NC schluckte. Daran hatte er nicht gedacht. Der Sarg. Fichtenholz. Die Frage traf ihn so unvorbereitet wie ein unvermittelter Stromschlag beim unvorsichtigen Überqueren eines Weidezauns. Er zögerte mit einer Antwort und starrte auf die Treppenstufen. Er hatte viele Särge aus den kräftigen Händen des Sarglieferanten Kappbacher entgegengenommen, gehoben und ausgeschlagen, hatte sie auf Sargroller und Katafalke gesetzt, ins Auto und in Kühlzellen verfrachtet – er kannte die Särge und ihre Machart zu genau, als dass er guten Gewissens behaupten konnte, dass ein Fichtenholzsarg unbeschadet zwanzig steile Treppenstufen hinunterpoltern konnte. Fichte war keine Eiche.

NC räusperte sich. Das Holz kommt aus heimischen Wäldern, sagte er, aber es besteht ein Restrisiko.

Bei dem Wort *Restrisiko* geht man am besten sofort in Deckung, oder?, sagte Herr März.

Als Schauspieler führt man eh ein risikoreiches Leben, hätte mein Vater gesagt. Wir machen das jetzt so. Frau März suchte die Hand ihres Mannes und nickte NC zu.

NC bückte sich, atmete tief durch und schob den Sarg über die Absatzkante. Das Geräusch war ohrenbetäubend. Schon bei der dritten Stufe knackte, splitterte das Holz. Die Seitenwände knickten weg und der Unterboden brach durch. Der Sarg verfing sich in den Streben des Treppengeländers, das Oberteil hob sich empor, einen Moment sah es so aus, als bliebe der Sarg stecken, dann brachen zwei Streben entzwei, der Sarg drehte sich zurück auf die Treppe, und jetzt kam der alte Bronikowski zum Vorschein. Er rutschte auf der Matratze durch den berstenden Sarg. Das weiße Haar flatterte. Die Stufen ließen ihn hüpfen, seine Arme schlenkerten wild umher, und wenn man es nicht besser wusste, konnte man glauben, da fahre einer Achterbahn und reiße vor Freude seine Arme in die Luft. In Wirklichkeit dauerte es nur wenige Augenblicke, aber NC kam es endlos lange vor, bis der alte Bronikowski endlich auf den Fliesen der Diele Richtung Haustür rutschte.

Herr und Frau März fassten sich noch immer an den Händen. Die Knöchel ihrer Finger waren rot.

NC nahm sich vor, bei Gelegenheit genauer über den Begriff Würde nachzudenken. Er schien ihm komplex zu sein.

Hinter ihm räusperte sich jemand. Viktor war aus der Toilette gekommen. Blass wie ein Schimmel stand er hinter ihnen und stützte sich mit einer Hand an der Wand ab.

Die Muscheln müssen schlecht gewesen sein, nuschelte er.

Darauf wäre ich nicht gekommen, flüsterte Herr März seiner Frau zu.

Viktor kam näher und warf einen Blick auf die Treppe. Dann sah er zu NC, dann zu den Märzens, dann wieder zu NC.

Deine Idee?, fragte er.

NC nickte, und Viktor brummte etwas Unverständliches.

Schließlich machten sie sich gemeinsam auf den Weg zum alten Bronikowski. Viktor hielt sich am Treppengeländer fest. Sie wichen so gut es ging den Holzsplittern aus, schoben anfangs hier und dort vorsichtig welche mit der Fußspitze beiseite, aber schon nach wenigen Stufen kehrte eine Erleichterung in ihre Körper zurück, und sie kickten einige Holzstücke über mehrere Stufen hinab.

NC kam es so vor, als würde der alte Bronikowski lächeln, aber wenn er ihn von den Füßen her anschaute, bekamen seine zusammengekniffenen Lippen eine größere Strenge und schienen Verärgerung über die harten Schläge zu signalisieren.

Frau März bückte sich zu ihrem Vater und strich ihm die in Unordnung geratenen Haare zurecht. Dann stand sie auf und fiel mit einem Schluchzen ihrem Mann in die Arme. Beide hatten Tränen in den Augen.

Und jetzt?, fragte Herr März, wie kommt er jetzt zum Auto?

Mach ich, sagte Viktor, ist kein Problem mehr jetzt.

Machen wir, sagte NC.

Es wäre mir lieber, er würde das Haus nicht im Nachthemd verlassen, sagte Frau März. Wäre es möglich, ihn noch hier anzuziehen?

Natürlich, sagte NC, Sie haben vollkommen recht. Es gibt keinen Grund, dass er das Haus anders verlässt, als er es betreten hat, und das hat er wohl nicht im Nachthemd getan.

Frau März holte von oben die Kleidung, NC und Viktor zogen dem alten Bronikowski das Nachthemd aus und dann nacheinander Unterwäsche, Hemd und seinen Anzug an. Frau März band ihm die Krawatte, schob sie gerade, zupfte hier und da den Anzug zurecht, stand dann auf und sagte, sie hole noch seine Schuhe.

Schließlich bückten sich NC und Viktor, packten den alten Bronikowski unter den Achseln, richteten ihn so weit auf, dass sie seine Arme zu greifen bekamen, legten sie sich jeweils um ihre Schultern und standen auf. Der alte Bronikowski stand jetzt zwischen ihnen. Viktor keuchte, sein Atem war rasselnd, aber er wankte nicht. Dennoch packte ihn Herr März am Arm, um ihn zu stützen. Frau März öffnete die Haustür, und von draußen schlug ihnen eine klirrende Kälte entgegen. Mit zusammengepressten Lippen und gesenkten Köpfen schoben sich die vier aus der Haustür in die Dunkelheit der Nacht. Es hatte angefangen zu schneien. Die Straßen und Gehwege waren mit einer dünnen weißen Schicht bedeckt. Wie auf Kommando blieben sie stehen, streckten ihre Köpfe in den Nacken und ließen sich ein paar Schneeflocken ins Gesicht rieseln. Dann gingen sie weiter zum Auto. Frau März ging an der Heckklappe vorbei und öffnete die Beifahrertür. Als wüsste sie, dass der alte Bronikowski auf der Ladefläche wild hin und her rutschen würde ohne Sarg. Mit vereinten Kräften hievten NC, Viktor und Herr März den alten Bronikowski auf die Beifahrerbank. Unschlüssig standen sie vor der offenen Tür, bis NC das Wort ergriff.

Der alte Bronikowski, sagte er, noch im Tod ist er zu schauspielerischer Höchstform aufgelaufen und hat die Rolle, die er spielen musste, gespielt, wie sie nur jemand spielen kann, der einverstanden ist mit den Zumutungen, die der Tod bereithält. Und deshalb schenken wir ihm zum Schluss den Applaus, der ihm gebührt.

NC begann, seine Handflächen gegeneinanderzuschlagen. Sie fühlten sich noch taub an von der Kälte, aber schnell wurden seine Hände wärmer, der Applaus heller. Die anderen drei fielen in den Applaus mit ein. Es war wie beim Beifall nach einer gelungenen Premiere, denn wenn es auch die Ehrung für ein Lebenswerk war, so war und blieb es doch für alle Zeit auch eine Premiere. Im Halbkreis standen sie vor der offenen Beifahrertür des Bestattungswagens und spendeten standing ovations, die der alte Bronikowski ungerührt zur Kenntnis nahm.

Viktor setzte sich neben den alten Bronikowski, schnallte ihn an, sich selbst auch, verabschiedete sich mit einer Handbewegung von Herrn und Frau März und schlug die Tür zu.

Danke, sagte Herr März und gab NC die Hand. Frau März und NC standen sich einen Moment unsicher gegenüber. Schließlich streckte NC ihr die Hand entgegen, wünschte ihr *Alles Gute* und sprach die Worte so schnell, dass er sich nicht verhaspeln konnte. Dann klopfte er sich den Schnee von seinem Jackett, stieg ins Auto, startete den Motor und fuhr los.

Es war weit nach Mitternacht, als NC und Viktor mit dem alten Bronikowski zwischen sich durch fast menschenleere Straßen fuhren. Nur vereinzelt waren Gestalten zu sehen, die um Ecken huschten oder sich in Hauseingänge drückten. Aus wenigen Fenstern drang noch Licht.

NC warf einen Blick zu Viktor. Sein Kopf lehnte an der Scheibe, die Augen hatte er geschlossen. NC fragte sich, was Viktor heute in sein Notizbuch schreiben würde.

Plötzlich bremste er abrupt. Das gibt's doch nicht, murmelte er. Er ließ das Fenster herunter und rief: Mensch, das ist doch viel zu kalt.

Was ist los, fragte Viktor, der durch den plötzlichen Ruck aufgeschreckt worden war.

Siehst du den Hund da auf der Parkbank? Den kenn' ich.

Eingerollt, den Kopf zwischen den Vorderpfoten verborgen, um der Kälte möglichst wenig Angriffsfläche zu bieten, lag November auf der Bank wie ein Monolith der Einsamkeit. Das Fell war schneebedeckt, aber NC hatte keine Zweifel, dass es November war.

Der Hund ist dumm wie Brot, sagte Viktor, bei der Kälte muss er sich verstecken und nicht mitten auf der Bank liegen.

Der alte Mann ist nicht mehr da, sprach NC vor sich hin, ohne Viktor zu beachten.

Wenn so dumm wie Brot, dann bald tot, sagte Viktor und lachte heiser auf.

Vielleicht will er, dass man ihn findet, murmelte NC.

Die Ampel wechselte auf Grün, und NC fuhr jetzt schneller als erlaubt.

Der alte Bronikowski ließ sich bereitwillig in einen neuen Sarg legen, sie brachten ihn in einen Abschiedsraum, zündeten eine Kerze an und ließen ihm dann seinen Frieden.

NC verabschiedete sich von Viktor mit den Worten: Man muss nicht alles essen, was aus dem Schwarzen Meer kommt, und man muss Manfred nicht alles berichten, was in kalten Dezembernächten passiert.

Darauf gaben sie sich die Hand, bevor sie auseinandergingen.

NC lief zurück zur Parkbank, wo er November gesehen hatte.

Der Wind hatte sich beruhigt, die Wolkendecke war aufgerissen und ein klarer Sternenhimmel zum Vorschein gekommen. November lag noch genauso da wie zuvor. Wenn nicht das regelmäßige Heben der Bauchdecke angezeigt hätte, dass er atmete, hätte man glauben können, er sei tot. NC setzte sich neben den Hund auf die Bank. November schlug kurz die Augen auf, schloss sie aber gleich wieder.

NC steckte seine Hände in die Taschen und schloss ebenfalls die Augen. Nach kurzer Zeit war er eingenickt, und wirre Bilder schossen ihm durch den Kopf. Sein Bruder stand vor ihm und winkte ihn zu sich. Weiter entfernt standen seine Eltern vor einem großen Wald, hielten sich die Hände wie einen Trichter an den Mund und brüllten, aber NC verstand kein einziges Wort. Frau Langfeld schwamm durch die Luft, über ihrer Schulter hing ein Seil, an dem ein Sarg befestigt war, den sie hinter sich herzog. Nach ein paar Zügen musste sie unterbrechen, drehte sich verärgert zum Sarg und schöpfte mit einem Kochtopf Wasser heraus. Wer hat das Wasser in den Sarg gelassen? Der zieht mich immer runter, verdammt noch mal. NC sah sich auf einem Steg und den Finger heben, aber Frau Langfeld winkte verächtlich ab. Soll ich sagen, dass ich es war? Links neben ihm stand der Junge und schaute ihn fragend an. Ach du, sagte NC.

Ach du, sagte Frau März rechts neben ihm und reichte ihm einen Streusel. Immer nur Streusel. Immer nur Tote. Du bist so langweilig, hauchte sie. Schau, der alte Bronikowski, wie er sich freut. Sie zeigte nach rechts, wo der alte Bronikowski in einer Holzkiste laut kreischend mit ausgestreckten Armen eine Treppe runterrutschte: Der weiß sein Leben zu genießen.

NC wusste nicht, wie lange er geschlafen hatte, ob er überhaupt länger als nur einen Augenblick eingenickt war, aber als er sich mit der Zunge über die Lippen fuhr, schmeckte er das Salz seiner Tränen, die ihm im Schlaf über die Wangen geflossen sein mussten. November lag noch immer neben ihm. NC froren die Finger. Er rieb sie aneinander. Der Hund hob seinen Kopf.

Wenn du willst, kannst du mitkommen, sagte NC und stand auf. Er ging ein paar Schritte, blieb dann stehen und drehte sich um. Der Hund saß noch auf der Bank, er hatte die Vorderbeine aufgerichtet und schaute NC aus großen dunklen Augen an.

Es stört mich nicht, dass du nur drei Beine hast, sagte NC, wirklich nicht.

Der Hund riss sein Maul auf und gähnte. Dann hob er ein Vorderbein und fuhr sich mit der Pfote über die Schnauze. NC kam es vor, als würde er winken, ein letzter Gruß zum Abschied.

Okay, murmelte NC, du gibst die Hoffnung nicht auf, das verstehe ich. Er drehte sich um, schaute noch mal nach links und rechts, als sei er unsicher, welche Richtung er einschlagen sollte, und ging dann die Straße entlang Richtung zu Hause. Eine Kirchturmuhr schlug drei Uhr morgens, im Schaufenster eines Schuhladens flackerte eine defekte Glühbirne und irgendwo schrie eine Katze. NC spürte, dass ihn jemand verfolgte, aber er drehte sich nicht um. Er lief einfach weiter, wenngleich er unbewusst seinen Schritt etwas verlangsamte. Er nahm seine Hände aus den Taschen und ließ die Arme an sich herunterbaumeln. Etliche Straßen lief er entlang, querte mehrere Kreuzungen, und als er schon nicht mehr damit rechnete, spürte er endlich das Fell des Hundes an seinen Fingern.

Es gab keine weiteren Aufträge mehr. NC und November schliefen viel. Der Hund lag auf einem alten Bettlaken neben NCs Bett, und NC ließ immer eine

Hand von der Bettkante baumeln. Wenn er wach war, unternahm er mit November Spaziergänge durch die Stadt. Obwohl er hoffte, dass es nicht dazu kommen würde, fühlte er sich verpflichtet, dem Hund die Möglichkeit zu geben, den alten Mann zu finden.

Ab und zu blieb NC stehen, einfach so, ohne Grund, nur um zu sehen, ob der Hund ohne ihn weitergehen wollte. Er wollte nicht. Wenn NC stehenblieb, setzte er sich hin und wartete oder nutzte die Chance, um am Wegrand ausgiebiger schnüffeln zu können. Wenn sie von ihren Spaziergängen zurückkamen, platschte sich November auf sein Laken, legte den Kopf auf seine linke Vorderpfote, schnaufte zufrieden, schloss die Augen, und nach einiger Zeit fingen seine Beine an zu strampeln und er wirkte, als ob er den Spaziergang noch einmal durchlebe. NC fragte sich, ob er in seinen Träumen mit vier Beinen lief.

NC stellte sich ans offene Fenster und dachte an den alten Bronikowski. Wie er mit wehenden Haaren die Treppe heruntergerutscht war. NC entschied, dass es seine letzte Abholung gewesen sein sollte. Er wollte nicht mehr schlechter werden, egal, was Manfred ihm sagen würde.

Der siebenundzwanzigste Dezember war ein Dienstag. NC stand noch früher auf als sonst. Er wollte nicht den Bus nehmen, sondern mit November die Strecke bis zum Bestattungsinstitut laufen. Als sie aus der Haustür traten, war es noch dunkel; kaum Verkehr auf den Straßen. Es war wieder wärmer geworden und der Schnee fast vollständig geschmolzen. NC atmete mehrmals tief ein und aus.

Sie liefen an dem Haus vorbei, wo der Junge wohnte. Die Wohnung war beleuchtet, aber hinter den Fenstern war niemand zu sehen. Irgendwann wirst du ihn kennenlernen, sagte er halblaut zu November.

Langsam kam Licht in den Tag, der Himmel war zwar noch diesig, und die Dinge hatten keine scharfen Konturen, aber die Aussicht auf einen blauen Winterhimmel war da. NC schlug einen Umweg ein, um nicht bei der Bäckerei vorbeigehen zu müssen. Als er in der Holpenstraße vor dem Schild anlangte, das in den Hinterhof wies, blieb er stehen. Im Bestattungsinstitut brannte Licht. NC erinnerte sich, wie er vor über neun Monaten hier aufgetaucht war und sich gefragt hatte, was hinter den Mauern vor sich ging. Es schien ihm unendlich lange her zu sein.

Obwohl er einen Schlüssel besaß, blieb er an der Eingangstür stehen. November setzte sich neben ihn. Manfred sah ihn vom Gang aus und öffnete die Tür.

Dein Hund?, fragte er mit Blick auf November.

Ich weiß es nicht, sagte NC, er ist freiwillig bei mir.

Es erleichtert vieles, wenn man freiwillig zusammen ist, sagte Manfred, man kann leichter gehen, wenn man merkt, dass es nicht passt.

Ich gehe, sagte NC.

Du meinst, du kündigst.

NC nickte. Ja, ich kündige.

Manfred sah NC lange und durchdringend an. Eine Frau März hat heute morgen sehr früh angerufen.

Ihr Vater ist verstorben. Wir haben ihn abgeholt.

Sie wollte nicht, dass du Ärger bekommst, wegen dem kaputten Sarg. Es war ihr sehr daran gelegen, dass ich genau nachvollziehen kann, wie es dazu kam. Sie hat mehrmals betont, wie zufrieden sie und ihr Mann sind.

Das freut mich, sagte NC.

Vielleicht bist du deiner Zeit voraus, sagte Manfred, ich weiß es nicht, aber wenn sich deine Methoden herumsprechen, bin ich bald bankrott. Er reichte NC die Hand. Alles Gute, ich habe deine Papiere schon fertig gemacht. Sabine sag ich noch Bescheid, sie will sich von dir verabschieden.

Damit drehte sich Manfred um und ging.

Kurz darauf kam Sabine. Sie lächelte NC zu wie jemand, der sich nicht entscheiden konnte, ob er Mitgefühl ausdrücken wollte oder Zuspruch.

Was hast du jetzt vor?, fragte sie.

NC zuckte mit den Schultern. Was empfiehlst du?

Mach was Großes, und wenn du mal einen kleinen Trost brauchst, weißt du, wo du ihn findest.

Sie umarmte ihn und drehte sich dann schnell weg.

Viktor stand im Hof an der Heckklappe des Autos und räumte zwei Särge aus, die er aus dem Sarglager geholt hatte.

Ich gehe, sagte NC. Für immer.

Viktor schob den Sarg, den er gerade auf den Sargroller kippen wollte, ins Auto zurück.

Das Leben ist nicht immer vierundzwanzig Grad. Egal, komm her. Viktor nahm NC in seine Arme und drückte ihn so fest, dass ihm schier die Luft wegblieb. Wenn du stirbst, klatsche ich für dich, sagte er, noch bevor er NC aus seiner Umarmung entließ und sich wieder um die Särge kümmerte.

Die Sonne hatte sich durchgesetzt, der Himmel war blau, ein strahlender Dezembertag. NC und November liefen durch die Straßen, und NC summte leise vor sich hin. Schließlich beugte er sich zu November und sagte: Nies und November suchen sich jetzt eine Metzgerei und da lassen sie sich das eine oder andere empfehlen.

Der Verlag weist ausdrücklich darauf hin, dass im Text enthaltene externe Links vom Verlag nur bis zum Zeitpunkt der Buchveröffentlichung eingesehen werden konnten. Auf spätere Veränderungen hat der Verlag keinerlei Einfluss. Eine Haftung des Verlags ist daher ausgeschlossen.

MIX
Papier aus verantwortungsvollen Quellen
FSC® C014496
FSC www.fsc.org

Verlagsgruppe Random House FSC® N001967

1. Auflage
Genehmigte Taschenbuchausgabe März 2017,
btb Verlag in der Verlagsgruppe Random House GmbH,
Neumarkter Straße 28, 81673 München

www.wallstein-verlag.de
Umschlaggestaltung: Umschlaggestaltung: semper smile, München
nach einem Entwurf von Susanne Gerhards,
SG Konzept & Design, Düsseldorf
Umschlagmotiv: © SG-Images unter Verwendung eines Fotos von
© Shutterstock/Anton Hlushchenko
Druck und Einband: GGP Media GmbH, Pößneck
MK · Herstellung: sc
Printed in Germany
ISBN 978-3-442-71434-6

www.btb-verlag.de
www.facebook.com/btbverlag
Besuchen Sie auch unseren LiteraturBlog www.transatlantik.de